나의 엄마와 나

강원도와 원주시의 지원을 받아 토지문화관에서 창작한 작품입니다.

나의 엄마와 나

도무지
나일 수 없었던
삶에 대하여

김문음
지음

글항아리

머리말

처음엔 영원히 속에 묻어두고 갈 얘기려니 했다. 그러다가 아, 꺼
내놓아야 하나보다 했다. 나는 내가 마음을 먹지 않아서 그렇지
작정만 하면 글을 술술 쓸 줄 알았다. 아니었다. 한 줄도 제대로
써지지 않았다. 어버, 어버버……

　밥벌이로 방송 구성작가 생활을 하며 아이템과 구성, 설정에
따른 소리글을 숱하게 써왔지만 정작 내 얘기는 언어화할 수 없
었다. 여러 스태프와의 협업으로 결과물을 내는 방송 일 과정에
서 투명인간처럼, 우렁각시처럼 일해왔기 때문일까. 게다가 나는
방송 글이 저 혼자 잘나서 빡빡하게 구는 걸 좋아하지 않는 타
입이다. 후배들에게도 글머리를 꼭 잡고 있되, 내레이션은 헐거운
게 세련된 거라고, 영상, 현장음, 인터뷰에 자리를 내주고 꼭 연결

이 필요한 부분에만 최소한의 글을 넣으라고 가르쳐왔다. 그렇게 공들인 방송 글은 오디오 상태로 전파를 타고 사라진다. 그래서일까. 아니면 노예스러운 딸로 30년, 가난한 프리랜서 싱글 맘으로 30년 가까이 허겁지겁 사는 동안 내 얘기를 독립된 활자 형태로 쓸 수 없는 불능 인간이 된 것일까.

2D — 종이 위에 활자로 남는 글을 쓰려고 하면 눈앞이 하얘지거나 글자들이 미끄러져 크레바스 아래로 흩어지곤 했다. 증발했다. 말이 안 되는 말인데, 나는 '자아가 모자라, 자아가 모자라' 중얼거리곤 했다. 절망하고 자책했다.

그리고 그럴수록 '엄마와 나의 이야기'를 세상에 풀어놓아야 내가 자유롭고 건강해지리라는 사실이 분명해졌다.

어렵게 지금에 이르렀다. 서툴게 옮겨진 이 글들이 모르는 누군가에게 좋은 기운을 줄 수 있다면 기쁘겠다. 출판을 맡아준 글항아리 출판사와 이은혜 편집장에게 감사하다. 고마운 분들이 참 많은데 일일이 호명하진 않겠다. 살면서 잘 갚아보겠다.

누구보다 내 엄마가 가장 기뻐하리라는 것을 안다. 엄마, 늦어져서 미안해요.

차례

1부

나 이제 어떻게 해야 돼

"나 이제 어떻게 해야 돼?"

중앙관제로 온통 캄캄한 연길시의 골목을 더듬어 허름한 병실에 도착했을 때, 엄마는 상봉의 감격을 내비치는 일말의 제스처도 없이 내게 물었다.

'엄마! 이제는 더 이상 엄마가 어떻게 안 하셔도 되는 것 같아.' 나는 속으로 외쳤다. 생의 고비마다 엄마는 얼마나 여러 번 스스로에게 저 말을 되뇌었을까? 참을 수 있을 줄 알았는데, 눈물이 솟고 말았다. 엄마의 눈자위가 비현실적일 정도로 샛노래서, 심장이 철렁해졌던 탓이다. 기괴한 애니메이션에 나올 법한 진노란색 눈을 현실에선 처음 보았다. 엄마는 역시나 나무라는 표정으로 나를 노려봤다. 나는 엄마가 하고픈 말을 알아들었다. '지금

누가 누구 앞에서 우는 거냐고! 쯧!'

1994년 여름. 강원도로 휴가를 떠나기로 한 날, 알록달록한 소풍 가방들을 옆에 두고 소파에 앉아 나를 기다리던 엄마는 내게 조용히 "나, 응급실에 가야겠다" 했고, 이후 췌장염, 입원, 담낭암, 수술 등의 일정이 이어졌다. 그리고 이 가을, 엄마는 '암을 기막히게 고친다'는 '오빠의 친구 한 명도 말기 대장암을 기적적으로 완치한 바 있다'는 중국 연변조선족자치주의 한 의사에게 와 있게 된 것이다.

떠나오기 전 엄마는 이번 목표를 '쾌유'로 정했으므로 진정 명랑 쾌활했다. 그 순도 높은 희망과 긍정적 기운, 투지가 어찌나 강렬했던지, 어지간히 시니컬한 사람들도 따라서 고개를 끄덕였다.

"거기서 암은 병도 아니래."

"오오, 그렇군요!"

"내가 암만 못해도 혜인이 초등학교 졸업할 때까지는 키워줄 거다."

가까이에서 암 환자를 경험한 적 없었던 나와 동생도 물론 완쾌를 믿었다.

연길 공항. 경만이라는 사내가 내 이름이 적힌 팻말을 들고 어색하게 서 있었다. 그는 대장암이 완치되었다는 오빠 친구의 의동생으로, 이제는 우리 엄마의 치료와 간병 일체를 돕고 있었다.

"딱 알겠구만요."

그의 말에 의하면, 우리 엄마가 얼마 전 동생이 방문했을 땐 '다 필요 없다. 공항에서 제일 예쁜 여자 찾으면 그게 바로 우리 작은딸'이라 했다는 것이고 이번엔 '바람 불면 딱 날아가게 생긴 쪼끄만 여자가 나올 건데, 걔가 속은 태평양보다 넓은 우리 큰딸'이라고 했단다. 경만은 날 보자 한숨 돌리는 기색이 역력했다. 담당 의사를 먼저 만났다.

"솔직하게 말씀해주세요. 선생님을 문제 삼진 않겠습니다. 현재 어머니 병세가 어떤가요?"

"담낭암 초기가 아닌 것 같더란 말입니다. 우리 약이 들을 줄 알았는데……."

장황한 설명이 이어졌다.

"못 사실 것 같다는 말씀이군요? 확실하게 이야기해주세요. 얼마나 더 사실까요?"

"그게…… 며칠을 장담 못 합니다."

"'며칠'이라고요?"

경만이 눈을 질끈 감는 게 보였다.

"알겠습니다. 최선을 다하셨겠지요. 경만씨, 최대한 빨리 귀국

할 수 있게 준비 좀 도와줘요."

경만은 마치 피붙이라도 되는 듯 엄마 곁에 찰싹 달라붙어 살갑게 굴고 있었다. '남잔데…….' 나로서는 주변에서 본 적 없는 유형이었다. 홍콩 뒷골목 영화에 나오는, 류더화劉德華나 저우룬파周潤發의 정 많고 촌스러운 고향 친구쯤이면 적당할까? 아니 그렇게 코믹하게만 여기고 말기에는 초췌한 외양 깊숙이, 단정한 교양미 비스름한 것이 감춰져 있는 것도 같았다. 경만은 엄마가 스스로의 모습을 보지 못하도록 병실 안의 거울이란 거울은 다 없애버린 터였다. 한 달 동안 두 사람은 정말 가까워진 듯했고, 그 모습이 좋아 보였다. 엄마로부터 많은 이야기를 들었노라 했다. 아마도 엄마로선 '아무 일 안 하고' 수다나 늘어놓는 게 평생 처음 있는 일이었을 것이다.

"여기, 웅기 사람들 천지다."

엄마가 신기하고 반갑다는 투로 내뱉었다. 병원 근처에 웅기 출신들이 많이 살고 있는가보았다.

엄마는 1929년 함경북도 웅기에서 태어났다. 눈이 많이 올 때면 온 집이 눈에 파묻혀, 새끼줄로 굴을 만들어 어딜 갔다는 둥, 얼굴을 꽁꽁 싸매고 눈만 내놓고 다니는데 코 밑에 고드름이 달렸다는 둥, 확실친 않지만 엄마에게 들었던 이야기의 단편적인 이미지들이 아련하게 남아 있다. 눈보라가 얼굴을 매섭게 때리는데, '저 남쪽 도시에선 푹신한 눈 위에 막 눕고, 눈송이를 던지며 눈싸움을 한다더라'는 얘기를 어릴 때 동화처럼 들었노라고도 했다.

엄마는 들로 산으로 뛰놀며 씩씩한 어린 시절을 보내다가, 아마도 자녀 교육을 생각한 부친의 결단으로 열두 살 무렵 '따뜻한 남쪽 나라'인 함경남도 원산으로 이주했다. 엄마는 이때 두 가지 심각한 국면을 마주했는데, 하나는 남학생들 머리가 '빡빡이'라는 것이었다. 고향의 사내애들은 죄다 '더벅머리'여서, 싸울 때 엄마가 머리채를 휘어잡으며 제압을 했기에, 원산 사내애들의 맨질맨질한 머리통을 보며 당황했단다. 두 번째는, 학교에 가보니 여자애들도 다들 말로 재재재재 싸우더라는 것이다. '싸움을 어떻게 말로 하나?' 엄마에겐 심대한 문화 충격이었다. (훗날 내가 어릴 적 도원동에서 보았던, 뚱땡이 아줌마에게 가했던 엄마의 '머리채 잡는 격투 기술'은 웅기 살던 유년 시절에 이미 터득해둔 비기秘技였던 것이다.)

아버지가 연필 공장을 경영했으므로 원산 생활은 유복했으나 곧 세상을 떴고, 집안은 곧 스무 살쯤 연상인 오빠 가장家長

의 치하로 바뀌었다. 오빠는 이미 가정을 이룬 터였고, 조카들은 엄마 또래였는데, 오빠의 부인인 올케는 아마도 제 가족, 제 자식 챙기는 성향이 좀 강한, '그렇고 그런' 여자였던 모양이다. 엄마의 엄마(나의 외할머니)는, '며느리 빤쓰까지 빨아주는' '부처님 가운데 토막'이요, '무대책'의 캐릭터였고, 하나 있는 남동생도 누나 치마폭에 숨는 어리바리한 막내였다. 엄마의 언니는 일찍 예수에 빠진 '천사'였는데, 전도사 하던 사내와 결혼하여 교회 시무한다며 다시 웅기로 올라갔다(6.25 이후 생사불명. 살아 있을 거라 믿었고, 엄마가 가장 그리워한 사람이었는데 끝내 만나지 못했다).

엄마는 졸지에 '군식구'로 나앉게 된 자기 세 식구를 대표해, 오빠네 가족에 맞서 권리 주장을 하는 '싸움꾼' 역할을 맡게 되었다. 엄마뻘 되는 올케에게 사사건건 덤볐단다.

"이 공장 원랜 우리 아버지 거니까 우릴 내칠 순 없다."

"나랑 막내랑, 당신네 자식과 똑같이 학교에 보내야 한다."

동갑내기 조카에게도,

"너 내 동생 건드리면 국물도 없다. 내가 가만 안 둔다……."

억척스럽게 싸워가며 엄마는 공부도 동갑 조카보다 늘 더 잘했고, '여자는 그저 얌전하게 살림 배우다 시집 잘 가는 게 최고'라는 어머니와 올케의 온갖 회유를 거스르며, 당시 명문인 '원산루시고녀'를 졸업했다. (그때 시인 구상이 국어 선생이었다며, '아주

먼 곳을 바라보는 구상 선생 특유의 분위기'를 들려준 적도 있다.) 그러고는 교원 자격 시험에 합격하여, 평양 윤리국민학교 교사로 부임했다. 거기까진 잘 갔다. 그런데 전쟁이 터지고 말았다.

가족이 뿔뿔이 흩어졌고, 엄마는 1.4 후퇴 때 폭격 소리에 놀라 병환이 든 노모를 업고 월남하게 된다. 남으로, 남으로. 군인들로 꽉 들어찬 기차가 떠나려 하길래 달려가 태워달라 했더니, 엄마를 내리훑으며 '한 사람만 탈 수 있다' 해서 냉큼 노모를 태웠단다. 발이 부르트도록 걸어 역에 도착했는데 수많은 사람이 엄마, 아버지 부르며 난리도 아니더란다. 우리 엄마는 목소리가 정말로 크다. '바보들, 저렇게 부르면 어떻게 찾냐.' 엄마가 기합을 넣고 돌아다니며 "김은덕 어머니 어딨소~" 몇 번 외쳤더니, 어머니의 울음소리가 들리더란다.

"나 여깄소, 아이고 심청이 우리 딸, 은댁이 좀 불러주소. 아이고오, 나 여깄다. 은댁아, 우리 딸 심청아……."

그렇게 극적으로 만나 서울 시내로 진입. 빈집을 뒤져 장작을 구해다 팔고, 쌀을 사다 떡을 만들고, 그 떡을 팔아 여비를 마련해 다시 노모를 업고 마지막 기차를 타고는 부산으로 갔단다. 그때만 해도 이 비상시국을 '며칠만' 버티면 다시 북으로 올라갈 줄 알았단다. 부산에서 떡 장사를 하며 기다리기를 여러 날. 북으로 돌아갈 수 있는 기미가 보이질 않았다. 노모는 매일 구시렁 노래를 불렀다. '처녀로 죽은 귀신은 귀신도 안 물어간다…….' 노모는 나 죽기 전에 꼭 봐야 한다며 혼인을 재촉했고, 엄마는 고향 사람이 다리를 놓아, '착해 보이는' 함흥 남자와 '효도하는 심정으로' 혼인을 한다. 스물세 살 때였다.

엄마의 삶은 '엎친 데 덮친 격'으로 속도를 냈다. 결혼을 하니 자식이 생겼지만, 남편은 무능했다. (노모는 소원대로 나의 오빠인 1952년생 손주를 보신 후에 돌아가셨다.)

1958년생인 내 기억에 의하면, 서울시 용산구 도원동 꼭대기, 실향민들이 모여 살던 목조건물의 우리 집 '다다미방 한 칸'에 아버지, 엄마, 큰 외삼촌(가족은 북에 두고 혼자 월남했다가 상봉했다는데, 어찌된 셈인지 우리 집에 얹혀살았다), 오빠, 나, 나중엔 동생까지 여섯 식구가 살았는데, 부양을 감당하는 건 늘 엄마였다. 엄마는 매일 나가서 '돌아다니는 장사'를 했다. 엄마는 그것을 '선장사'라고도 불렀는데, 늘 '앉은장사'라도 할 수 있는 사람을 부러워했다. '난 밑천이라고는 없어서 뼈로 살았다' 했다. 두부장수 아줌마, 또순이, 일수놀이 아줌마, 불여우, 함경도 아줌마, 문수 엄마, 무서운 아줌마…… 이런 것들이 엄마를 지칭하는 이름이었다. 엄마의 무용담이 꽤 있었는데, 내 생각에 엄마가 앞서는 점은 체력적 파워라기보다는 뭐랄까, '얄짤없음'이다. 소위 '깡다구'

라 하던가. 머뭇거리지 않는 행동력.

　그러나 사람들은 무서워만 할 뿐, 그 뒤에 밤잠 못 이루며 "나 이제 어떻게 해야 돼?"를 되뇌는, 이 절벽 끝에서 다음 절벽을 향해 밧줄을 거는 한 여인의 외로움과 막막함은 잘 몰랐던 것 같다.

미워하는 병

미 해병 여단장 험멜 장군(에드 해리스 분)이 비를 맞으며 아내의 무덤에 인사를 건네고 있다. 그는 이제 무리한 작전을 벌이려 한다. 억울하게 희생당한 부하들에게 정당한 대우를 해달라고 당국에 수차례 요구했으나 철저히 무시되었으므로, '정의의 회복'을 위해 무기를 들기로 한 것이다. 도와달라 외치던 부하들의 절규, 치솟는 불길의 악몽이 플래시백된다. 험멜은 솜씨 좋은 군인들을 규합해 간단히 무기고를 턴다. 치명적인 화학 무기, VX 미사일을 탈취한다. 그러고는 오랜 세월 악명 높았던 알카트라즈섬 감옥을 장악, 81명의 관광객을 인질로 삼아 미 수뇌부를 협박한다. 요구를 들어주지 않으면 인질 처치는 물론 캘리포니아 상공에 VX 미사일을 투하하겠다고.

이에 FBI의 야비한 수장 위맥은 33년째 복역 중인, 영국 정보부 SAS 출신 메이슨(숀 코네리 분)을 꺼내어 써먹기로 한다. 그는 신출귀몰 탈출 전문가로, 알카트라즈 내부를 누구보다 더 잘 알고 있다. 이쯤 되면 평범한 소시민 주인공이 하나 나와줘야 한다. 그가 비틀스 어쩌고 기타를 치며 헐렁대는 생화학 전문가 굿 스피드(니컬러스 케이지 분)다. 위맥은 메이슨과 굿 스피드를 해결사로 투입하며, 현역 해군 특수부대를 딸려 보낸다. 특수부대장 앤더슨 역을 맡은 이는 「터미네이터 1」에 나왔던 마이클 빈이다.

특수팀은 과연 지하 루트를 통해 잠입하는 데 성공했으나 험멜 부대의 위치 추적에 걸려 포위되고 만다.

험멜: 너희는 포위되었다. 총을 버려라.

앤더슨: 제가 부하들에게 그런 명령 내릴 수 없다는 것을 장군님도 잘 아실 것입니다.

험멜: 긴말 않겠다. 당장 무기를 버려라.

앤더슨: 장군님, 저는 장군님이 이러시는 심정에 공감합니다. 그러나 이것은 반란이고, 저도 장군님이 그러셨던 것처럼 국가에 충성을 맹세했습니다!

험멜: 제군, 우리는 위에 있고, 자네들은 아래에 있다. 마지막으로 말한다……

하필 이때 낡은 벽의 벽돌 무더기가 허물어져 내리고, 공격으로 오인한 한 대원의 총질이 시작되면서 양 팀의 난사가 이어진다. 험멜이 외치는 '사격 중지' 소리는 들리지 않은 지 오래다.

뻔하다면 뻔한 할리우드 영화 「더 록The Rock」을 보면서, 나는 이 장면에서 리듬(어떤 몰입을 차단하는 잠금장치)을 놓쳐 울음이 터지고 말았다. 아, 유치한 슬로모션 남발인데. 어쩌면 좋아, 흑흑. 아직 영화 초반인데 걸려들었군, 꺼이꺼이.

약자끼리 미워하거나 죽이는 장면은 내게 아킬레스건이다.

1999년 MBC 「이제는 말할 수 있다」의 '실미도 특수부대' 편 작가 일을 맡았을 때, 당시엔 일반인들에게 잘 알려지지 않았던 기록들을 보며 곡예를 해야 했고, 10. 26 사태 때 박선호 의전과장이 아끼던 후배를 향해 "우리, 같이 살자" 하는 대목에서도 호흡이 가빠져 죽는 줄 알았다.

————

나의 엄마는 날 미워하는 병에 걸리셨다. 엄마가 날 미워한다는 사실을 내가 행여 의심하거나 그럴 리 없다고 착각이라도 할까봐 확인에 확인을 거듭했다.

"나는 니가 미워 죽겠다. 어떡하면 좋으니."

"내가 어떻게 하길 바래?"

엄마가 이글이글 타오르는 눈동자로 나를 노려본다. 나는 그런 엄마의 눈을 바라보았겠지.

"눈깔을 확 뽑아버릴까부다."

"차라리 날 죽여."

엄마의 절망. 그리고 나의, 나의…… 뭐라고 해야 하는 걸까?

나의 성장기 동안 엄마는 나를 많이도 때렸다. 나는 외아들인 오빠와 여섯 살 터울로, 딸 중엔 장녀였고, 엄마의 집안일을 돕는 '시다바리' 역할을 했는데, '느려터졌다' 등등의 이유로—원인과 결과를 논리적으로 추정하려 애쓰는 일이 고통스럽다. 왜냐하면 더듬어보는 과정에서 논리 따위가 성립되지 않기 때문이다—맞게 되었다. 아니 맞고 있었다.

오빠도 좀 맞았는데, 다른 점이라면 오빠는 성적 떨어졌을 때 공부 잘하라고 맞았고, 나는 집안일 못 한다고, 아니 종종 이유도 잘 모르는 채 맞았다는 것이다. 또 남자였던 오빠는 사춘기 이후엔 엄마로부터 존중을 받은 데 반해, 나에 대한 엄마의 폭행은 내가 스무 살이 되어 가출할 때까지 그 강도를 더해갔다. 가정 폭력은 세상 밖으로 쉬 드러나지 않지만, 당하는 사람에게는 속수무책의 장애와 블랙홀을 안긴다.

내가 기억하는 엄마의 대표적인 얼굴의 하나는, '치를 떠는' 표정이다. 아시겠는가, 치를 떤다는 말? 양 입술을 약간 앞으로 내밀고, 소름 끼치는 듯, 고개를 좌우로 부르르 떤다. 그리고 말한다.

"네 머리를 깨서, 가루를 만들어 마셔도 내 분은 안 풀린다."

아마 더한 말이 생각났으면 그 말을 했을 것이다.

집행이 시작되었을 때의 엄마는 흔들림이 없다. 자신의 울화가 풀릴 때까지 때린다. 오빠는 어쩌다 내 따귀라도 때렸다가 코피가 나면 얼른 뒷수습을 했다. 하지만 엄마는 일단 시작되면 스스로 진정될 때까지 멈추지 않는다. 한번은 집 근처 좁은 골목에서 발동이 걸렸다가, 지나가던 사람들이 발견하고는 단체로 뜯어말린 적이 있다.

"애가 피를 흘리잖아요!"

잔잔한 나비 무늬가 있던 내 무명 원피스가 코피로 범벅이 되었다. 몇 살 때였지? 일곱? 여덟? 우리 집 뒤의, 평소 잘 다니지 않던 골목, 두런두런하는 사람들, 어둑한 분위기만 기억난다. 아, 그리고 '조금만 더 있으면 끝났을 텐데, 엄마 속이 덜 풀려서 어떡하지?' 걱정되었던 기억.

엄마는 나를 두 번쯤 죽일 뻔했다. 아니 이런 말은 맞지 않는다. 엄마를 붙들고 있는 이성의 끈이 그렇게 약하진 않았다. 한번은 중학교 3학년 때쯤이었을까. 우리 문간방 앞에 울타리 안의 몇 집이 함께 쓰는 둥그런 수돗가가 있고 기와 얹은 나무 대문이 있는 단층 가옥의 생김새를 떠올려보니, 효창공원 뒤쪽 공덕동에 살 때였겠다. 수돗가에서 엄마랑 나는 김칫거리를 다듬고 있었다. 엄마가 왜 그렇게 화났었는지 자초지종은 잘 기억나지 않는다. 엄마가 갑자기 비호처럼 달려들어 내 목에 칼을 들이댔다.

"에잇, 칵!"

쇠붙이로 된 날의 느낌. 치를 떠는 엄마의 얼굴. 눈이 번들거린다.

"차라리 죽여!"

나는 목을 길게 늘이고 눈을 감았다. 평화의 정적. 그리고 쨍그랑 소리. 엄마가 칼을 내던지고 뛰쳐나갔다. 나는 주섬주섬 어지러운 마당을 치운다. 어떻게 해야 하지? 가엾은 엄마, 돌아오면 어차피 김치를 마저 담그게 될 텐데, 내가 얼마만큼 단도리를 해놓는 게 최선일까? 나, 뒤늦게 팔다리가 후들거렸을 것이다. 여러 가구가 사는 마당, 사람들은 어디들 갔다가 이제야 하나둘씩 들어서고 수돗가엔 왁자한 일상의 소음이 차오른다. 나는 아마 그날 잠자리에 들 때까지 엄마와 얼굴 마주치는 일을 피했을 것이다. 엄마가 무안해할까봐.

나를 때릴 때, 엄마가 떠올리는, 내가 맞아야 하는 이유도 분명 많았을 것이다. 그러나 나로서는 그 이유를 도무지 알 수 없을 때가 많았고, 아마 내겐 그런 경우들이 강렬하게 각인됐을 것이다. 아아, 과장誇張, 자기 편집의 부당성! 그러나 나는 지금은 이렇게 몰아붙일 수밖에 없을 것 같다. ('엄마, 늦어져서 미안해요!')

가장 참담했던 기억 중 하나가 '자다가 맞을 때'다.

깊은 잠에 빠져 있다가 깨보니 맞고 있다, 내가. 언제부터였을까? 뺨이 욱신거리고, 머리채가 끌어올려졌는지, 머리 꼭대기의, 머리카락 뿌리 쪽도 심하게 쑤신다. 여기 픽. 저기 픽. 엄마가 힘껏 때리고 있다. 발길질도 한다. 나는 앉았다 쓰러졌다를 반복한다. 엄만 뭔가에 너무 화가 나 있다. 내가 뭔가를 크게 잘못한 모양이다. 아마 대단히 중요한 집안일을 내가 깜박 잊고 안 해놨나 보다. 그 상황, 이유를 말했을지 모르지만, 한참 맞다가 나중에 잠이 깬 나로서는, 후반의 토막말로 이유를 짐작하려 애쓰지만, 이해에 가닿기 어렵다. 난 말 한마디 못 한다. 무엇보다 무참하다, 무참하다! 다른 단어로 뭐가 있을까? 자존심이 상한다? 이런 호사스러운 단어가 나한테 어울릴까? 잠에서 미처 깨지 못한 채, '빌빌대며' 무던히도 계속 잠들어 있으려 애썼거나, 또 조금이라도 덜 맞으려 본능적으로 취했을지 모르는, 내가 기억하지 못하는 나의 몸짓들, 엄마의 힘들었을 몸짓들에 대한 짐작이 다가오고, 그 흉물스러움과 비극성이 다양한 통증으로 욱신거리는 나의 온몸으로 흘러내린다.

아, 생각났다. 나의 '슬픔'이라 하는 게 적당하겠다. 엄마의 절망, 엄마의 붉은 울화, 나의 슬픔, 깊이를 알 수 없는 슬픔, 시간도 증발해버리는 새하얀 공허, 그리고 슬픔……

"애비 닮은 년."

아마도 이것이 폭언 중의 대표였겠다. 쌍년…… 이런 건 너무 단순하니 빼도록 하자.

"미물微物!" "미물단지 같은 년."

"약 맞은 파리 같은 년."—오빠는 이 말이 나를 기막히게 표현하는 단어라며 감탄하곤 했다.

"써먹을 데라곤 눈을 씻고 찾아봐도 없구나."

내가 공부나 글짓기나 뭘 잘해서 상이라도 타오면, 엄마는 대개 '형' 하고 코웃음을 치며 "지풀(지푸라기)이 방귀 뀌었구나" "지푸라기가 어쩌다 방귀를 다 뀐다니. 지나가던 개가 웃겠다" 했다.

잘하면 잘하는 대로 그건 창피하고 죄스러운 일이었다.

나는 덫에 걸렸다. 나는 어떤 나를 버리고 투명인간이 되었다. 나는 어떤 종류의 통로를 차단하고 어둠 속의 댄서가 되었다.

십대에 썼던 메모가 남아 있다.

바람이여 난 운다
눈물 방울방울 당신이 씻어갈 때까지

그러나 어쩌면 당신은
늘 나의 바깥으로만 분다.

그러면 나도 춤을 춘다.
빙글빙글 빙글빙글

날 찾지 말아라, 문영아
나는 보다 멀리서 손수건을 흔들고 있다.
물론 곧 돌아오지.
웃음 활짝.

사라지고 싶어요

'이대로 사라졌으면 좋겠어.'

이것이 내 어린 시절 가장 큰 욕망이었다. 이슬방울처럼 공기 방울처럼 허공중에서 '팍' 하고 꺼져 없어져버리길 바랐다. 도원동 달동네에서 고래고래 싸움을 하는 사람들, 분주히 오가는 다양한 표정의 사람들을 보면서 '저렇게 산들 뭐하나' 하는 허무감에 어쩔 줄 몰랐다. 헛되고 헛되도다.

다섯 살 때 나는 큰 외삼촌이 가르쳐준 한글로 유서를 썼다. 삶을 끝내고 싶었다. '유서'라고 쓰고 밑줄을 긋던 기억이 생생하다. 막을 내리고 싶던 간절한 느낌도.

<u>유서</u>

내 마음과

세상의 마음이 너무 달라요.

속상해서 못 살겠어요.

안녕.

    나는 몇 자 적은 종이를 작은 나무 밥상 위에 올려놓고 베란다로 나갔다.

    내가 태어나 살던 곳은 서울특별시 용산구 도원동 꼭대기. 목조로 된 2층짜리 공동주택이었다. 도원동에는 위에서 내려다보면 가옥 구조가 원형圓形으로 된, 일제강점기에 고급 '유곽遊廓'이었다는 독특한 형태의 건물이 몇 채 있었는데, 이북에서 피란 내려온 실향민들이 모여 살았다. 비좁은 다다미방 한 칸에 한 가족씩 배정되어, 다섯 명이든 열 명이든 한방에 오글오글. 나는 세상 모든 사람이 그런 형태로 사는 줄 알았다. 낡아 삐거덕거리는 좁은 복도를 사이에 두고 양쪽으로 다다미방들이 있고, 각 방에는 드나드는 복도 쪽 문의 반대편으로, 돌출된 작은 베란다가 하나씩 달려 있었다. 우리 집 베란다는 건물 전체 원 모양의 안쪽, 공동 마당 같은 공간이 내려다보이는 곳이었다.

자살을 하려면 그 베란다에서 뛰어내리면 된다고 막연히 생각했는데, 막상 베란다에 올라가 나무 살로 가로막힌 부분에 다가서니, 이렇게 작은 내가 그 위에 올라타서 뛰어내린다는 게 너무 불편할 것 같고 무서웠다. 나는 울기 시작했다. 갈 곳이 없었다. 하늘을 올려다보다가, 베란다 아래를 내려다보다가…… 우왕좌왕하며 울었다. 베란다 구석에 놓인 밥솥을 열고, 차가운 누룽지와 숭늉을 조금 떠먹은 기억도 있다. 방으로 들어가지도 못하고, 떨어져 죽지도 못한 나는 절망하다 지쳐 잠이 들었다.

　깨어나 보니, 내 몸이 방 안으로 옮겨져 있었고, 나는 곧 더 유명해졌다는 것을 알게 되었다. 당시 우리 집에는 아버지, 엄마, 여섯 살 위인 오빠, 나, 그리고 엄마의 오빠인 나이 드신 큰 외삼촌 이렇게 다섯 식구가 살고 있었는데, 억척스럽게 생계를 꾸려가는 건 늘 엄마였다. 어쩌다 그렇게 되었던 것일까? 엄마가 뭔가를 이고 지고 팔러 다니며 뼛골 빠지게 돈 벌다 들어와 보면, 어여쁜 신선 같은 표정의 아버지와 덩치가 황소같이 크고 기운이 장사였던 큰 외삼촌은 다다미방 한가운데서 장기를 두고 있었다. 노려보는 엄마 얼굴. 그런데 그 와중에 그 단칸방에서 어떻게 부부 생활이 가능했으며, 이듬해에 동생이 생길 수 있었던 것인지, 귀신도 모를 일이다.

　어쨌든 내가 훗날 배우 버트 랭카스터를 볼 때마다 닮았다고 떠올렸던 그 외삼촌이 백수 신세로 우리 집에 얹혀살면서 나를 유난히 예뻐했고, 내가 글만 보면 읽고 싶어해서 세 살 무렵부터 내게 한글을 가르쳐주었다. 나는 동네에서, 특히 만홧가게에서 유명한 꼬마 아이가 되어 있었다. 체격이 또래에 비해서도 유난히 작았기 때문에 더 희한했을까? 나는 '구경거리'였다.

"얘가 이걸 다 읽는다고?"

"그렇다니까. 노노마, 이리 와서 이것 좀 읽어봐라."

그때 사람들은 내 이름 '문음文音아'를 대충 그렇게 불렀다. '노노마' '노노미'라고.

"카르타, 이근철, 스트라이크, 저 성을 넘어가야 할 텐데…… 이크, 큰일이다."

만홧가게 아저씨, 아줌마들이 내게는 돈을 받지 않아 좋았고, 가끔 오뎅이나 사탕도 공짜로 주었다. 만화책 속엔 흥미진진한 신세계가 한없이 펼쳐지고, 어떤 손님이 와 날 부르면 난 큰 소리로 글을 읽어주면 되었는데…… 이제 쑥덕거림이 추가되었다.

"쟤 보이지? 쪼끄만 애. 쟤가 글쎄 유서를 쓰고 자살하려 했었대."

"뭐? 설마."

"쉿, 조용히 해. 아, 정말이라니까."

그러나 뭐니 뭐니 해도 압권은 역시 엄마였다. 엄마는 나를 조용히 불러 진지하게 충고했던 것이다. 2층에서 떨어져봤자 다리 병신만 되지 죽지는 않는다고.

"안 그래도 미워 죽겠는데 다리병신까지 되면 나더러 어쩌라 고오오!"

엄마는 내게 죽으려면 '좀더 확실하게' '안 보이는 데 가서' 죽 으라고 말했다.

난 무참했다. 부끄러움과 무안함, 좌절감 따위가 똘똘 똘똘 뭉 쳐 내 속 어딘가에 비축되었다.

열 살 때, 나는 드디어 한강으로 진출했다.

열 살의 한강

"아무래도 오늘 가야겠어."

함께 집으로 돌아오던 계숙이 잠시 멍한 얼굴을 했다. 우리 반에서 1등을 놓치지 않는 수재였던 계숙은 한동안 나와 하굣길에 붙어다니는 친구였다. 사실 계숙은 나와 어울릴 만한 짝이 아니었다. 얘는 아주 반듯한 반장이었고, 나이가 많아 할아버지처럼 보였던, 깐깐한 성격의 얘네 아버지는 거칠기 짝이 없는 실향민, 그중에서도 그악스럽기가 으뜸이었던 우리 엄마를 좋아하지 않았다. 덩달아 나까지 탐탁지 않게 여기는 눈치였는데, 이미자의 노래를 구성지게 부를 줄 알았던 계숙과 내가 당시 우리 학교 연예 담당 선생님이 만든 '대중가요 공연단'의 일원으로 잠시 활약하는 바람에 그 흥에 이끌려 붙어다니게 된 것이었다. 얘네 집은 우리 집보다 높은, 맨 꼭대기 성당 근처였다.

나는 지난 몇 년 동안 우리 동네 사람들이 단체로 한강에 이불 빨래나 수영을 하러 갈 때마다 한강 가는 길을 눈여겨보았다. 계숙에게도 언젠가 난 자살하러 한강으로 가게 될 거라고 언질을 준 터였다. 실망스럽게도 계숙은 그동안 내 말을 곧이듣지 않은 듯했다. 내가 '계숙아 잘 가. 넌 부디 잘 살아. 이만 안녕'이라고 하면, 천하에 똑똑한 계숙도 멋지게, '그래, 문음아, 영원히 안녕' 뭐 이렇게 나올 줄 알았는데, 얼굴이 하얗게 질려서는 절대로 안 된다며 내 팔을 꽉 잡는 게 아닌가. 완력이 아주 셌다. 하긴 난 힘이라곤 없어 팔씨름에서 누굴 이겨본 적이 한 번도 없는 사람이다. 할 수 없이 나는 일단 이런저런 딴 얘길 하며 걸었다. 애는 귀가 도중 소변을 꼭 한 번 보는 아이여서, 우리가 찾아낸 단골 장소가 있었다. 나는 여느 때처럼 망을 보며 소리를 냈다. "나 여깄어. 아무도 안 와. 괜찮아." 계숙이 옷을 추스를 즈음, 난 비호처럼 달리기 시작했다.

내가 봐두었던 한강 가는 길을 더듬어 얼마를 달렸을까. 계숙을 떼어내는 데 성공했다는 확신이 드는 순간, 묘한 떨림과 외로움이 밀려왔다. 나는 침착하게 중심을 추슬렀다. 오늘 나는 운명을 끝맺는 거야. 강변 가까이 어느 소박한 주택가를 지나던 기억도 난다. 날이 저무는 시각, 맛난 음식 냄새가 코를 찌르고 바깥에서 놀던 아이를 부르는 엄마들의 목소리가 들렸다. 따뜻하고 평화로운 일상을 누리는 이들이 부러워 서러운 눈물이 솟았다. 나는 나지막이 노래를 부르며, 철철 울면서 걸었다.

"엄마야 누나야 강변 살자. 들에는 반짝이는 금모래 빛

뒷문 밖에는 갈잎의 노래. 엄마야 누나야 강변 살자."

꿈에도 그리던 제1한강교에 도착했을 땐 사방이 이미 캄캄해져 있었다. 심장이 두근두근했다. 난 할 수 있어. 한강 다리 난간으로 다가갔다. 그런데 아뿔싸, 난간 가로막이가 너무 높았다. 내 덩치는 초등학교 3학년 또래들에 비해서도 한참 작아, 반에서 거의 가장 작은 아이였다. 몸무게 18킬로그램. 나는 초등학교 4학년이 될 때까지도 20킬로그램을 넘기지 못했다.

높네. 쇠창살의 틈으로 몸을 넣어보았다. 그러기에는 또 틈이 좁았다. 머리통이 들어가지질 않았다. 난 그동안 투신자살 뉴스를 유심히 봐왔다. 나도 가서 그냥 뛰어내리면 된다고 생각했고, 맞다, 난 '용기'의 문제일 거라고 생각했는데 물리적 장애에 부딪혔다.

'어떡한다지?' 나는 쇠창살 너머의 검푸른 한강 물을 바라보며 절망했다. 차가운 강바람이 얼굴 위로 사정없이 불어왔다. 옷깃

사이로 속속 스며들었다. 덜덜 떨기 시작했다. '어떡한다지?' 나는 제1한강교 이 끝에서 저 끝까지 왔다 갔다 하며 노래를 불렀다. 갈 곳이 없었다. 하늘로 솟을 수도 없고 땅으로 꺼질 수도 없었다. '누가 문(한강으로 들어가는 문이든 뭐든) 좀 열어주세요' 하며 우왕좌왕했다.

갑자기 끼익하고 택시 한 대가 저만치에서 멈춘다 싶더니 젊은 여성 하나가 다가왔다.

"너 왜 여기서 이러고 있니? 집 잃어버렸니?"

다른 세상의 말씨였다.

"아니요."

이가 덜덜 떨렸다. 난 잠시 머뭇거렸다. 자살 얘길 할 순 없었다. 그건 너무 충격적인 단어 아닌가.

"가출했어요."

적당한 답변 같았다. 그 언니가 날 감싸 안으며 말했다.

"일단 언니 집에 가자. 감기 걸리겠다."

너무 추웠던 난 쓰러지듯 그 여성에게 인도되었다.

그다음 상황은 꿈처럼 아련하게 기억난다. 노량진 어디, 스웨터를 짜는 가내수공업 기계가 지하에 있던 집, 언니의 어머니가 저녁 밥상을 차려 내오며 함께 먹자 했는데 입안이 모래알 같아 거절했던 일, 그러자 나를 구석진 언니의 방으로 데리고 가 예쁘장한 앉은뱅이책상 앞에 앉히고 과일과 인절미 몇 개가 담긴 접시를 갖다주면서 편히 먹으며 쉬고 있어라 다정하게 말해주던 일, 따뜻하던 방바닥, 노곤하면서 아득하고 막막하면서도 자존심이 위태롭던, 서걱서걱 아슬아슬하던 심경 등이 생각난다. '윙' 하고 이명이 들리는 것만 같았다.

그 젊은 여성은 직장일을 마친 후 택시 타고 귀가하다가, 책가방을 등에 멘 채 한강교를 배회하는 나를 발견했던 것이고, 지나치다 마음에 걸려 차를 세웠다는 것인데…… 식사를 마친 그녀가 내게 무슨 말을 했는지, 어떤 설득을 했는지는 거의 기억나지 않는다. '최대한 짧게' 대답하려 애썼던 기억만 난다.

천사 같고 엽렵한 그 언니는 나와 함께 다시 택시를 잡아타고 도원동 우리 집으로 향했다. 아아아아.

도원동 우리 건물은 계숙의 신고로 발칵 뒤집힌 상태였다. '문음이가 자살한다며 한강 갔다'고 계숙이 울고불고 대성통곡을 하며 왔었다 했다. 큰 외삼촌은 경찰에 신고하고 바로 한강으로 갔다는데, 나와는 만나지지 않았고, 나중에 땀에 전 모습으로 돌아왔다. 내 생각에 큰 외삼촌은 그 전에 날 가끔 데리고 다녔던 '용사의 집' 쪽으로 내가 갔을 거라 짐작하고 엉뚱한 경로를 배회했던 것 같다.

다른 동네 사는 교양 있는 젊은 처자의 방문에, 어두컴컴하던 우리 목조 건물은 온통 화사한 감탄으로 술렁거렸고, 신기하게도 조명을 밝힌 듯 여기저기가 훤해졌다. 그중에서도 하이라이트는 남자 어른들의 한껏 부드러워진 표정이었다. 언니는 나의 안녕을 당부하며 여러 젠틀맨의 배웅을 받으면서 떠났다.

그래서였을까. 그날 평소에 한마디도 안 했던 동네 아저씨들 몇이 우리 엄마에게 와 '오늘은 절대 문음이 때리면 안 된다. 오늘도 때린다면 우리가 가만 안 있는다' 했다. 나는 깜짝 놀랐고, 내 엄마가 저 남의 집 남자들에게 그런 말을 듣는다는 게 너무 가슴이 아파 명치가 뻐근했다. 사실 엄마와 맞대면할 일이 걱정이었는데 엄마는 그날 침묵했고, 과연 나를 한 대도 때리지 않았다. 나는 깊은 숨을 몰아쉬다가 잠에 빠질 수 있었다.

그런데 며칠 후 엄마가 내게 다가와 내 눈을 똑바로 바라보며 조용히 따졌다.

"죽는다고 한강까지 갔으면 칵 빠져 죽었어야지. 왜 그냥 돌아왔는데!"

그러고는 예의 이글거리는 눈동자로 노려보며 단언했다.

"내가 분명히 말하는데, 넌 평생 사람 구실 못 한다. 알간? 니가 사람 구실하게 되면 내 손에 장을 지져라이, 쌍!"

이때였던 것 같다. 나는 그냥 '어떤 나'를 포기했다. 수많은 나 중에 아마도 가장 중요한 어떤 나를 지하 수십 길 감옥 속에 유폐시켰다. 나는 나를 버렸다. 난 투명인간이 되었다. 허수아비로 살기로 했던가.

아마도 어떤 시詩와는 반대로, 알맹이는 가라. 쭉정이만 남고. 뭐 이런?

맞나. 어떻게 말해야 정확할지 모르겠다.

알맹이는 다 숨어라. 쭉정이만 남고 다 튀어라. 이런 묘수를 부렸던 것 같다. 어쩌면 그 채로 육십 평생을 살아온 것 같다.

사랑하고 '싫음'

엄마를 사랑했다.

나는 나의 이 부분을 언어화하기가 가장 힘들다.

나는 엄마를 사랑했다. 그냥 '당연히', 자연스럽게, 샘솟듯이 그러하였다. 그걸 어떻게 말로 하나?

내가 '엄마를 사랑했다'는 사실을 '언어적으로' 알게 된 건 역설적으로 훗날(30대 중반) 내가 가족치료, 상담치료를 받게 되었을 때였다. 그들은 내가 엄마를 사랑했다고 하는 것은 거짓이다, 그것은 약자가 강자 앞에서 가질 수밖에 없었던 피동적 선택이요, 나의 위장이며, 엄마를 미워해야 내가 건강해진다고 한결같이 말하고 있었다. 나는 내가 건강해지기 위해 엄마의 폭행 등에 대해 시시콜콜 정직하게 말하면서, 모든 가책을 무릅쓰고 고자질을 하면서, 바깥세상의 알량한 도식, 전문가라는 이들의 얄팍함과 쿨함에 놀라고 당황했다. 나는 그들의 학문과 합리성을 배우고 취하며 고마워했지만, 엄마에 대한 나의 사랑을 부정하거나 포기할 순 없었다.

'나 아무 생각 없지만, 굳이 말하자면 당신네 것보다 내 것이 더 진짜인데……' 뭐 이런 심정이었다. 이 명백한 진실을 어떻게 설명할 것인가, 증명할 것인가. 아득해졌다.

아니면 이렇게 바꿔 말할 수 있을 것이다. 나는 엄마를 '제대로' 사랑하지 못했다. 아마 내게 그럴 능력까지는 생겨나지 못했기 때문일 것이다. 육체성이 부족하여—이 부분을 생각하니 억장이 무너지고 눈물이 난다. 물론 어린 시절에. 내가 엄마와 대적對敵(?)하여 엄마의 사랑을 쟁취하거나, 더 신묘한 방법으로 엄마와의 관계를 트거나 개선하거나 회복할 수 있었다면 좋았겠지만 어린 나로서 어떻게 그럴 수 있을 것인지 잘 몰랐다.

아마도 나는 엄마를 '뒤에서' 사랑했던 것 같다. 숨어서. '기운'으로. 나는 엄마와 한 번도 포옹해본 기억이 없다. 그러나 내가 엄마를 사랑한다는 사실은 아마도 엄마가 누구보다 더 잘 알았을 것이다. 아, 원통한 우리 사랑…….

마찬가지로, 나는 나 자신도 제대로 사랑하기가 어려웠을 것이다.

그렇다. 난 정녕 엄마를 사랑하고 싶었다. 엄마를 사랑하고, 그 힘의 세례 속에서 나 자신도 사랑하고, 사랑받고, 치유하고, 치유받고 싶었다.

대체 나의 이 깊고 깊은 '싶음'을 무어라 말할 수 있을까? 이것은 가없는 방향성이다. 에너지를 그냥 보내는 것이다. 쏘아올리는 것이다.

아마도 내 생애는 이 '싶음'이 관통해온 세월이고, 지금 쓰고 있는 난삽하기 짝이 없는 이런 글도 이 '싶음'을 잇고 싶었던 나의 몸부림의 한 아우성일 것이다.

———

스무 살이 되던 해, 나는 가출을 했다.

아마 생각은 여러 번 해봤을 것이다. 곱씹고, 또 곱씹고. 그 전엔 능력이 부족했을 것이다. '고등학교까지는 졸업해야 하잖나?' 하는 생각이 깔려 있었을 것이다.

엄마(의 폭력)로부터 떠나 있어봐야 한다는 명제는 해가 갈수록 나를 짓눌렀을 텐데…… 쉬운 일은 아니지 않은가? 학창 시절 나는 우등생, 모범생이 아니었지만 그렇다고 소위 노는 아이(그래서 그런 동료가 많은)거나 문제아도 아니었다. 그저 평범한 아이 흉내를 내는, 끔찍하게 외로운 투명인간이었을 뿐이니 무슨 힘이 있었겠는가. 아아 나는 당시 내 정체의 질감을 이해시킬 자신이 없다…….

스무 살의 어느 날, 내게 계기라 할 만한 사건이 찾아왔다. 나는 고등학교를 졸업하고 별 볼일 없이 여전히 '집안일'을 하고 있었다. 당시 엄마는 화장품 외판원이었다. 무슨 직책을 갖고 있었던 듯하다. 그 무렵 유명 화장품 회사들에서는 노련한 아줌마 사원과 어리고 예쁜 아가씨 미용사원을 2인1조로 만들어 집집마다 돌아다니는 형태의 방문 판매를 하게 했다. 두부장사 등 험한 육체노동을 주로 해오던 엄마로서는, 외관상 상당히 레벨업된 일을 하게 된 셈이었다. 화장을 짙게 하고 제복을 입고 턱을 치켜들고 다녔다.

엄마는 가끔 그 조수(미용사원)와 함께 집으로 점심을 먹으러 오곤 했는데, 그럴 때면 내게 밥을 차려 내라고, 무슨 시위라도 하듯, 히스테릭하게 닦달을 했다. 그녀들(자신의 사회활동 조수)에게 뭔가를 증명이라도 하듯, 나를 비난하고 비아냥거리는 말을 계속했다. 애(문음이)가 얼마나 지저분한 인간인지, 구제불능인지, 뭔 일 하나 제대로 하지 못하는, 미워하지 않으려야 도저히 미워하지 않을 수 없는 인간인지를 토로했다.

"얘 좀 봐라, 얘 설거지해서 엎어놓은 꼴 좀 봐라."

"이걸 지금 우리 먹으라고 한 거니?"

……

나에 대한 흉과 엄마 자신에 대한 자랑이 길게 이어지곤 했다. 난 속으로 외쳤다.

'엄마, 이 아가씨들은 남이야. 난 엄마 딸이고! 엄만 지금 누워서 침 뱉고 있는 거야. 게다가 이 여자들은 나보다 기껏해야 두세 살 많을까? 내 또래 여자애들 앞에서, 엄마, 이러는 거 아니지!'

좀 이상했다. 난 어처구니가 없어지기 시작했다. 그 전에 난 엄마를 뭔가 위대한 전설 속 여인처럼 과대포장해놓고 있었던 것인가? 사회 속에서 제3자(미용사원)와 있는 내 엄마를 보니 그냥 '되게 이상한 아줌마' 아닌가. 아, 가슴이야……. 그 아가씨들도 어리둥절하고 민망해했던 것 같다. 상사인 엄마의 어시스턴트로서 비위를 맞춰야 하는 처지라, 수동적으로 '네에……. 아 네에' 하면서도 무척 곤란한 표정을 지었다.

엄만 균형을 잃고 있었다. 아마도 갱년기를 지나고 있었으리라. 몸은 그 전에 비해 훨씬 더 편한, 버젓한 일을 하고 있는 게 분명한데 마음을 다잡지 못하고 있었다.

나 역시 무언가에 쫓기고 있었다. '이건 정말 아니잖아.' 어떤 변화도, 희망도, 미래도 보이지 않았다.

그러던 어느 날이었다. 여전히 미용사원을 달고 집에 들렀던 그날—이유는 전혀 기억나지 않는다. 전후좌우 디테일도 기억나지 않는다. 유일하게 기억나는 '찰나'—엄마가 나를 쳤는데, 전혀 예상치 못한 상황이었고(그래서 마음의 준비는 물론 '몸의 대비'도 전혀 못 했고), 엄마의 손이 너무 빨랐고, 내가 단 한 번도 맞아보지 못한 스타일의 가격을 당했다. 엄만 내리고 있던 팔을 쌩 들어올리며 손등 부분 그대로(주먹을 쥔 게 아니고 손을 편 채였다) 내 턱 아랫부분을 쳐 올렸는데(한번 해보시길 바란다. 전광석화電光石火—가장 빠른 타격 기술 중 하나가 아닐까), 나는 턱(얼굴)이 뒤로 확 젖혀지며 그대로 나자빠졌다. 눕는 자세로 '꽝!' 하고 몸을 찧었다.

그 순간이었다. 나는 '정말 가출을 해야 하는구나!' 생각했다. 섬광처럼.

생생하다.

'척!'

'꽝!'

그 참담함.

남他人(내 또래 女) 앞에서.

회초리나 무슨 도구로 때리는 건 물론이려니와 꼬집든 따귀를

때리든 주먹으로 때리든 전주前奏—'준비 동작'이라는 게 있지 않
은가, 참.

　지금 떠올려도 심장이 멎는 것 같다.

　난 계획을 세웠고, 얼마 후 가출을 실행했다.

열 살의 글짓기

열 살 때 일어났던 두 가지 사건이 내게 큰 영향을 미친 것 같다. 한 가지는 당연히, 자살하겠다고 한강까지 갔다가 실패하고 돌아온 흑역사다. 이후 이웃의 몇몇 어른은 귀가하는 나를 보며 "노노미, 오늘은 풍덩 학교에 안 갔나보네?" 하며 놀려댔다. 아, '풍덩 학교'라니, 어린애한테…… 그들은 평소 우리 엄마한테 적개심을 잔뜩 품고 있었던 것일까.

다른 하나는 내가 얼떨결에 글 좀 쓴다는 언니 오빠들을 따라 〈전국 소년 소녀 글짓기 대회〉라는 데 나갔다가 산문부 '특선'을 수상하게 된 것이다.

우리 달동네까지 기자들이 몰려오고 학교도 동네도 온통 웅성웅성했다. 독사진 요청도 왔는데 내 독사진이 있을 리 없었다.

엄마는 부랴부랴 나를 씻기고, 참빗으로 내 머리를 아프게 싹싹 빗어 올리며, 용문시장에 가서 새 옷도 사 입혔다. 사진관에 가 가장 빨리 인화되는 독사진을 찍었다. 난 그날 아침에도 얻어터졌던 터라 눈이 팅팅 부어 있었으므로 내 최초이자 유일한 사진관 독사진은 '눈 주위가 부어 있는 얼굴'로 유통되었고, 지금도 남아 있다.

기자들이 오기 전에 엄마는 내게 '말하기 연습'도 시켰다. 엄마는 당황하면 열이 더 펄펄 나기 때문에 입에 침이 말라 물을 계속 들이키며 다그쳤다. "누구 닮았느냐 물으면 '엄마 닮았어요' 하고!" 하하. 지금 생각하니 정말 우습다. 잊을 수 없는 대목은, "틀림없이 장래 희망을 물어볼 거다. 그럼 쭈뼛쭈뼛하지 말고 '여류 문학가요'라고 딱 부러지게 말하는 거야. '여류 문학가' 해봐. 알았어? 응? 알았냐고!" 나는 그런 말을 하기가 정말 싫었다. 소설가면 소설가지, 여류 문학가는 뭔가 거창하고 어려운 말이었다. 그런데 기자들이 몰려오고 온 동네 사람들이 약장수 왔을 때처럼 겹겹이 둥그렇게 에워싸고 있을 때 그들은 인터뷰 말미에 정말로 나한테 커서 뭐가 되고 싶냐고 물었다. 나는 인파 맨 앞줄에서 열을 내고 있는 엄마 얼굴을 쳐다보았다. 엄마는 입술을 크게 벌리며 '여류' '여-류……' 하고 안타깝게 가르쳐주고 있었다. 에라 모르겠다. 그냥 "여류 문학가요"라고 대답했고, 나중에

기사를 보니 "장래 희망을 묻자 김문응양은 여류 문학가라고 어른스럽게 말했다"라고 실려 있었다. 평소에 단 한 번도 생각해보거나 발설해본 적 없는 그 애매하고 어색한 단어로 말했던 순간과 그 사실을 나는 두고두고 부끄러워하며 부담스러워했던 것 같다. 그렇다고 '뭐가 되다니요. 저는 저를 버렸는걸요' 할 수도 없는 노릇 아닌가.

나는 학교에서 '글 잘 쓰는 축에 속하는' 아이가 아니었다. 공부를 썩 잘하지도 못했고 그냥 별 볼 일 없는 아이였는데, 글짓기 대회에 나갈 학교 대표 자리에 한 자리가 빈다 했을 때 아마 '정당하게 학교와 집을 벗어나 시간을 보낼 수 있을 것' 같아 따라 나섰을 것이다. 그러고는 대회장에 가자마자 주눅이 들었다. 당시 노란 교복으로 선망의 대상이었던 리라국민학교, 재동, 추계…… 뭐 이런 학교 애들의 잘난 분위기에 압도되었고 막막해졌다. 더구나 4, 5, 6학년 언니들이 주 경연자이고, 나와 같은 몇몇 3학년들은 그냥 '꼽사리 끼워준 막내'인 분위기였다. 주어진 제목 중 하나를 골라 시와 산문 가운데 선택해 글을 쓰고, 시간 안에 제출하라고 했다.

걸려 있는 제목이 '글짓기 대회' '금붕어' '꽃장수' '비닐우산' 이 네 가지였다. 꽃장수? 잘 모른다. 금붕어? 먹는 것도 아니고……. 어떤 집이나 금붕어 가게에 가면 있겠지. 글짓기 대회? 막막한 심정을 쓰란 말인가. 나는 '비닐우산'을 골랐다. 대략 이런 내용이었다.

나는 비닐우산이 참 좋아요. 예전엔 비닐우산을 싫어했었어요. 비닐우산은 약해서, 특히 비 오는 날 검정 우산, 노랑 우산 등 질긴 천 우산을 쓴 짓궂은 남자애들이 내 우산을 찍으면 내 비닐우산에 구멍이 숭숭 뚫리기 때문이죠. 어느 날 엄마가 내게도 드디어 예쁜 천 우산을 사주셨어요. 나는 뛸 듯이 기뻐하며 보란 듯 그 우산을 쓰고 학교로 향했지요. 그런데 바람이 앞으로 불어올 때 비닐우산을 앞으로 숙이면 어렴풋이라도 세상이 보이는데, 이 천 우산을 숙이니 앞이 보이지 않아요. 눈앞이 완전히 차단되죠. 나는 이런 건 싫어서 다시 비닐우산을 좋아하게 되었어요. 어머니께서는 나를 변덕쟁이라고 하셔요.

시부의 심사위원은 박목월, 윤석중, 산문부는 최정희, 어효선 선생님이었다. 수상 이유는 '뛰어난 문장력보다 생활 속의 섬세한 부분을 자기만의 눈으로 진솔하게 써내려간' 걸 높이 샀다는 식이었던 것 같다. (나의 글도 수상 발표 신문기사도 내게 남아 있지 않다.)

신문에 내 글과 함께 나보다 하나 아래, '우수상'을 수상한 다른 학교 5학년 언니의 글도 실렸는데, 나는 그 언니의 문장력과 수려함에 충격을 받았다. 꽃장수 아저씨와의 일화를 썼는데 마지막 문장이 '그 아저씨와의 추억은 지금도 내 마음속에 아롱져 있다'였다. '아롱져 있다'니. 아롱져 있다니. 세상에 이런 말도 있구나. 이런 말을 실제로 쓰는 사람도 있구나 했다. 나로선 들어본 적도 써본 적도 없는, 아득히 닿을 수 없는 귀족 가문의 은쟁반 같은 말이었다. 열등감 비스무레한 감정으로 가슴 깊은 곳이 쩌르르 아파왔다. 처음 경험하는 느낌이었다.

게다가 내가 쓴 글의 내용은 완전 거짓말이었다. 엄마가 내게 예쁜 천 우산을 사주시다니. 그런 일은 절대 없었다. 그냥 비닐우산이라는 소재로 시간 내에 글을 써야 하다보니 저렇게 된 것인데 유명한 선생님들로부터 '생활 속' '정직한' 이런 칭찬을 듣고 대서특필이 되니 당황스러웠다. '난 다시 비닐우산이 좋아졌어요'로 끝내기 허전해서 '어머니께서는 절 보고 변덕쟁이라고 하셔요'라고 가증스럽게 꾸미며 끝맺기까지 하잖았나. 그런데 '꾸밈없는' '진솔'이라니.

지금 돌이켜보니 당시 어린이들 관련해서도 계급의식 같은 게 퍼져 있었던 듯하다. 변두리 공립이었던 우리 동네 금양국민학교에서 시내 명문 사립을 제치고 '전국 1등'을 배출했다며 기뻐하는 분위기가 있었다. 나는 졸지에 학교의 명예를 드높인 존재가 되었다.

당연히 문예반 선생님들이 미안해하며(못 알아봐서) 나를 데려갔고…… 의욕과 기대를 품었을 것이다. 하지만 나는 내가 글짓기를 잘 못 한다는 걸, 내겐 글 잘 쓰는 애들이 갖고 있는, (아, 어떻게 표현해야 하지?) 어떤 종류의 엔진이 없다는 걸, 안정된 일상의 근육 따위가 없다는 걸 잘 알고 있었다. 그 선생님들 앞에서 나는 글을 한 줄도 쓸 수 없었다…….

설상가상으로 2학기 땐 반장으로 선출되었다. 이것도 그렇다. 나는 어느 모로 보나 반장감이 아니었는데도 애들은 그냥 '유명세에 압도되어' 우르르 나를 천거하고 반장으로 찍어버렸다. 아, 바보들. 사실은 성적도 1등이고 염렵한 맏며느리 스타일인 계숙이가 반장을 계속했어야 맞다. 게으른 데다 물정도 잘 모르고 집안일에나 매여 있던 나는 시늉만 했지, 반장 업무를 제대로 못했을 것이다. 그나마 오동통하고 나이도 지긋하신 담임 선생님이 눈치 빠르고 관대한 분이어서 상황을 제대로 조망했던 것 같고, 날 크게 책망하거나 밀어붙이지 않아서 다행이었다.

글짓기 사건은 내게 무엇이었을까.

- 나는 글을 잘 못 쓰는데 전국 1등이 되어 유명해져버렸다.
- 글을 잘 써서 사람들이 몰려오면 그날 나는 엄마에게 맞지
  않는다.
- 약간의 우쭐거려지는 기분.
- 이제 선생님과 학교 사람들은 내가 글짓기를 잘할 것이라고
  기대하지만 나는 쓸 수가 없다.
- 부채감.

어쨌거나 나는 이 시끄러운 모순, 낙차감을 도무지 감당할 수
가 없었다.

아니 내가 잘하는 게 딱 하나 있는 것 같다.

견디는 것.

내 주위의 모든 아수라를 지켜보며

견딘다.

글을 잘 못 쓴다는 자각과

글을 좀더 잘 쓰면 좋을 텐데 하는 부채감이 계속 이어져온

것 같다.

To 和源

아직도 미련 때문에 침묵 속에 있습니까.
암만해도 내 귀는 너무 열려
속은 만큼의 위선이 뜰 안에 퍼집니다.
그대, 꽃그늘보다 바람 부는 벌판에서 만나주세요.

글은 남기 때문에 거짓말입니다. 우리는 순간을
떠나며 살고 있지 않습니까 아까의 우린
거짓입니다만 지금의 우리도 거짓입니다.
남에게서 얻은 여운으로 살고 있진 않습니까

오늘 밤에는 벌판을 지나 무덤 구경을 합시다.
얼마나 많은 이들이 절망을 하다가 갔으며
우리에게 거짓이라는 절망을 가르치는가.
화원이 말한 못 견디는 열기가
한때의 그것이 아니라면 나도 당장
집시가 되겠습니다 그러니 우린

조용히 귀가합시다. 서운한 새벽을 딛고

변덕스러운 정원사가 되어—암만해도 내 귀는 너무

열려 속은 만큼의 위선이

새어나갑니다. 닫아버리지 못하고 떠는

나의 문 안에 그대의 노래를 들려주세요.

이젠 내 뜨락에 가끔 스치는

바람을 믿습니다. 죽어버린 사람의 거짓,

나의 거짓, 모두를 믿습니다.

그대, 믿음처럼, 흔들리는 노래를 들려주세요.

작게, 아주 작게 울리는

(용서해야 할) 자유.

(1974년. 고1 때 친구에게 띄운 엽서)

2부

떠돌이들

아직 10월인데도 연변의 밤은 추웠다. 골목을 휘돌아 나가는 바람이 을씨년스러웠다. 게다가 캄캄했다. 술집이 있는 길가가 아닌 뒷골목은 촘촘하게 어두워 당황스러웠다. 이 어둠은 묘한 향수를 불러일으키기도 했다. 나 어릴 때 정전이 되면 어른들이 초를 찾아 켤 때까지 잠시 이렇게 캄캄 세상이 되지 않았던가. 바람이 드센데도 공장지대에라도 온 듯 공기가 뻑뻑하고 뿌옇게 느껴졌다. 미미하지만 특이한 냄새가 났다. 뭐지? 이것은 '대륙'의 냄새일까? 내 옷과 몸 구석구석에 그 냄새가 밸 것 같았다. 동네 입구에 국제 전화로 연결해주는 교환소—여성 교환원 한 명이 박스 안에 앉아 있는—가 있어, 나는 그곳을 통해 한국의 오빠와 연락을 하고, 경만과 어머니 수송 작전을 짰다. 1994년에는 한국-연길 간의 직항 노선이 없어, 오갈 때 베이징을 경유해야 했다. 오빠가 가장 빠른 비행기로 서울서 베이징으로 오고 내가 어머니를 모시고 베이징으로 나가, 베이징 공항에서 만나기로 했다.

"어차피 너는 오늘 할 일 다 했으니, 경만이랑 나가서 구경도 하고 맛있는 것도 먹고 놀다 와라."

엄마가 나를 밖으로 내몰았다. 우리 가족은 미션 위주로 움직인다. 컨디션이나 감정은 그저 느낄 뿐, 계획-수행에 지장을 주진 않는다. 같은 시간, 같은 장소에서 최대의 효율을 뽑아내야 하기에, 내가 연길 들어오기 전에도 베이징에 머무르는 동안 '이화원頤和園 관광' 등의 순서가 이미 계획표 안에 들어 있었다. 애초에 일정을 오빠가 짰던 것 같은데……. 경만의 먼 친척이라는 베이징 거주 조선족 여인 가이드까지 딸려 있었다. 아마 처음에 어머니를 모시고 갔던 오빠나 중반에 연길을 다녀갔던 동생 모두 이 일정표대로 움직였을 것이다.

나의 사정은 어떠했던가. 서울에서 '큐 채널' 개국 특집 다큐멘터리인 「21세기 이것으로 승부한다」 10부작의 메인 작가 일을, 문영심 작가와 다섯 편씩 맡아 후반 작업을 하고 있었다. 자리를 비우기 미안해 출국 전날까지도 밤샘을 하고 비행기에 올라 비몽사몽간에 중국 땅을 밟았다. 엄마의 상태가 아무래도 많이 안 좋은 것 같다는 걱정으로 심장이 두근거리고 가슴이 쪼그라들었다. 마음도 서걱서걱, 몸도 서걱서걱. 당최 관광 따위를 할 기분이 아니었다. 차라리 눈을 조금 더 붙이거나 쉬는 게 낫지. 그럼에도 난 일정표대로 이화원에 가 지체 높은 옛 여인의 정원을 둘러보았고, 전통 의상을 입고 사진까지 찍었다. 아, 정해진 숙제는 다 한다 정말. 온몸 구석구석 휑하니 찬바람이 부는데.

내가 술을 좋아한다 하니 경만이 신을 냈다. 죽이 잘 맞아 술집을 전전하며 '의남매'를 맺기도 했다. 마지막 집에 앉아 있을 때, 다른 테이블에 있던 웬 군복 입은 훤칠한 사내가 휘청거리며 우리 쪽으로 다가왔다. 그는 '남한 아즈마이의 말씨'라며 감격을 내비쳤다. 나는 놀랐다. 내가 남한 아즈마이 말씨를 쓰는 게 뭐 어떻단 말인가. 나는 그와 아무 상관없는, 난생처음 보는 사람인데 그는 날 엄청나게 반가운 핏줄로 느끼고 있었나보다. 그는 한국말이 아주 서툴렀다. 경만은 그가 중국의 군인이고 높은 계급이라 했다. 그래 보이긴 했다. 경만은 빙글빙글 웃으며 관대한 형님의 태도로 그의 합석을 허락했고, 이제 셋이서 술을 마셨다. 그가 거의 중국어로 말했으므로 경만이 통역을 했다. 몇 잔을 더 건넸을까. 그 군인이 자기 가슴을 아프게 '텅텅' 치며 울기 시작했다. 그러다 갑자기 우리말을 해서 나도 알아들었는데, "나는 조선인의 절개를 버렸습니다!"가 그의 입에서 튀어나왔다. 나는 순간 가슴이 철렁하며 덩달아 눈물이 났다. '절개'라니. 사용 안 한 지 오래된 단어 아닌가. 뭔 춘향전? 아님 사육신, 정몽주…… 뭐 이런 시조에 나오는? 절개를 버렸다니. 그가 중국에서, 중국 인으로 살며 성공하기 위해 중국 군인이 되었기로서니, 그게 뭐 어떻단 말인가. 당신이 그토록 그리워한 남조선의 아즈마이 아즈 바이들은 뭐 얼마나 '조선인의 절개'를 지키며 살고 있단 말인가. 나에게서 그와는 또 다른 의미의 속울음이 나왔다. 어디서부터 어떻게 가다듬어야 할지 모르겠는 채로, 원통하고, 미안하고, 부 끄럽고, 답답하여 나 역시 그처럼 앞가슴을 텅텅 치고 싶은 심정 이 되었다.

"경만, 이 친구 좀 말려. 이러다 갈비뼈 부러지겠어!"

그러고는 벌떡 일어나 그에게 말했다.

"아저씨, 절개가 있네! 당신, 이 속에. 그러니까 절개는 이 가슴 속에 깊이 간직하고, 그냥 씩씩하게 살아남으세요! 그냥 강하게 살아."

경만이 옆에서 그 말들을 다시 중국어로 외쳤다. 그 군인은 내 손을 부여잡고 꺼이꺼이 울었다.

"누나, 아까 그 친구 중국어 아주 고급이야."

숙소로 돌아가는 길에 경만이 말했다.

"너는?"

"나? 나도 제법인 편이지. 내가 공부는 못 했어도 어릴 적 우리 아버지가 워낙 엄했으니까."

"고급 아닌 건 누구고?"

"조선족 대부분이 그렇지. 병원에서 간병하는 사람들, 아 누나, 베이징서 만났던 아지매 있지? 그이 중국말도 진짜 웃겨."

경만은 밀양 박씨. 독립운동가의 후손이라 했다. 어릴 땐 무술을 배워 힘을 기르고 싶었는데 중국인 무술 가문의 텃세가 심해 서러웠단다. 학창 시절에 한 핏줄인 북한의 무술을 배워오려고 압록강을 건너다닌 얘기, 조상의 기록을 찾으러 남한에 갔던 얘기, 체류 기간을 넘겨 추방되어온 얘기, '당신들, 독립운동가의 후손을 이리 박대하면 안 되는 거다' 외치며 끌려갔던 얘기……. 오빠의 친구였던 형님과 남한에서 만나 의형제를 맺었던 인연도 들려주었다.

경만은 외견상으로는 도무지 뭐하는 사람인지 알 수 없는 백수였는데, '연변에선 안 되는 일이 없다' 했다. 내 입장에서는 공항까지 가는 택시며 베이징행 비행기 표며 차질 없이 계획하고 예약해야 안심이 되는데, 경만은 '누나아, 아무 걱정 말라구우우~' 할 뿐이어서 영 답답했다. '내가 누군지 알아? 인간 박경만이야.' 그래서 뭘. 앤 뭐든 그냥 현장에서 구하면 된다는 천하태평의 자세로 일관했다. 내가 비행기 표는 미리 예약하자는 얘기를 여러 번 했는데도, 특유의 질질 끄는 말투로 '에에이, 정말루 표 없으면 내가 몇 사람 창밖으로 던지는 한이 있어두 누나랑 어머니 태우는 덴 일없으니까 걱정 말라구우' 했다. 그런데 경만과 한나절 지내면서 이 친구 말이 사실일지 모르겠다는 생각이 들었다. 밝은 시간 그와 움직이다보니 어딜 가나 사람들이 다가와 꾸벅 인사를 했고, 헌신적인 도움을 주었다. 와, 정말 무슨 홍콩 영화를 보는 줄 알았다. 굳이 안 그래도 되는데 '똘마니' 몇이 졸졸 따라붙었다. 나는 생전 처음, 조직의 높은 사람의 누이이거나 귀한 손님 포지션이 된 것 같았다. 연길에선 정말 안 되는 일이 없겠다는 실감이 났다.

떠날 시간이 다가왔다. 엄마가 경만에게 단호하게 말했다.

"나, 이제 못 걷는다. 니가 업어야 해."

"어머니, 아무 걱정을 마셔."

그런데 맙소사. 연길 병원엔 그 흔한 휠체어가 없었다. 경만과 조직원들이 '당가' '당가' 외치길래 뭔 소린가 했는데, 젊은 사내들이, 때에 전 국방색 '들것'을 들고 나타났다. '당가'가 '들것'인가 보았다. 세상에. 전쟁영화 찍는 줄 알았다. 엄마를 업고, 들것에 싣고, 택시에 옮겨 태우고…… 드디어 연길 공항에 도착했는데, 물론 공항 셔틀도 없었다. 저만치 활주로 복판에 작은 비행기가 탈탈탈탈 소리를 내며 승객을 기다리고 있고, 짐을 잔뜩 이고 진 사람들이 피란민처럼 그 비행기를 향해 냅다 달리고 있었다. 그날따라 흙바람이 부는데, 경만네 사내들도 다시 그 '들것'에 우리 엄마를 부상병 싣듯이 눕히고는 앞뒤로 들고 뛰기 시작했다. 나도 그 흙바람을 뚫고 달리는 수밖에.

비행기 안에서도 많은 이가 경만에게 다가와 인사를 했다. 여기저기 포진해 있는, 민간인들에게 깐깐하고 으스대는 것처럼 보였던 제복 차림의 공안들도, 경만에게는 배시시 미소를 보냈다. 경만은 그런 상황일 수 있는 게 흐뭇하다는 듯 실실 웃었다. 아, 이건 다 뭐지. 낯선 상황인데, 어쨌거나 경만은 굳어 있던 우리 모녀를 종종 웃게 만들었다. 엄마와 나는 경만으로 인해 그때까지 한 번도 웃어본 적 없는 종류의 웃음을 계속 터뜨렸다. 도대체 왜 그랬는진 표현하기 힘들다. 경만의 행동이나 태도, 말이 어처구니없어서 웃고, 경만은 우리 모녀가 웃는 게 좋아서 웃고, 또 우리는 경만이 굳이 왜 그렇게 크게 웃는지가 엉뚱하고 우스꽝스러워서 웃고, 얘는 또 우리가 웃으니까 웃음을 짓는 식으로. 이

성적으론 명쾌하게 설명이 안 된다.

베이징에 도착하자 상황은 완전 다른 장면으로 바뀌어 전개됐다. 뭐랄까, 갑자기 다른 영화가 되었다. 요란한 경적과 함께 수도 베이징의 깔끔한 앰뷸런스가 도착하고, 반짝거리는 휠체어가 내려지고 청결한 가운을 입은 의료진이 나타났다(연변 병원은 간호사들 가운도 다 누리딩딩했다). 대기업 수뇌부의 간부이던 오빠와 베이징 지부에서 나온 흰 셔츠-넥타이 차림의 부하 직원들, 짧은 커트 머리의 젊은 중국 여성 통역관까지. 도구적 인프라는 물론 움직임, 분위기까지 소위 태깔이 완전 달랐다.

오빠가 서둘러 경만과 악수를 하고, 오빠네 조직원들이 엄마를 이동시키기 시작했다. 오빠네 직원들은 경만네를 보며 '아니 이렇게 여러 명이 왜 따라왔지?' 하는 표정을 잠시 보였으나 곧 일사분란하게 대처했다. 맨 앞에 앰뷸런스가 서고, 그 뒤를 오빠가 탄 검은 차량이, 또 그 뒤를 대절 택시들이 줄줄이 쫓았다. 베이징의 한 호텔에서 다 함께 하룻밤을 자고, 우리 가족은 이튿날 '아시아나'를 타고 서울의 강남 성모병원으로 갈 것이었다.

아침, 호텔 뷔페 식당에 가보니 경만네, 연길에서 멋지고 자연스럽던 의리의 사나이들이 한쪽 구석에 쭈뼛쭈뼛 몰려 있었다. 촌닭(이런 표현 용서하렴)이 따로 없었다. 난 얼른 그쪽으로 가서 경만의 손을 꽉 잡으며 그들과 함께 뷔페를 즐겼다. 그렇지, 우리의 화기애애和氣靄靄. 경만의 패거리들에게 말을 시키고 이야기를 나누면서, 나는 그동안 경만이 나와 얘기할 때 얼마나 철저히 남한 말투를 구사하려 애썼는지를 실감할 수 있었다. 하지만 나에겐 그의 '달랐던 부분'이 가장 인상적으로 남았다. 연변 술집에서 술잔을 부딪치며, '량만적으루다가(낭만적으로)'라고 발음했을 때, 난 '아 낭만보다 량만이 훨씬 량만적인걸' 하지 않았나.

베이징 공항. 이제 정말 헤어질 때가 되었다. 밤새 호텔에서 링거 주사 등 온갖 의료 조처를 받은 어머닌 이미 다른 경로로 비행기 일등석에 옮겨진 후였다. 경만이 아주 씩씩하게 악수를 청하며 내게 멋지게 말했다.

"이제, 리별이야요!"

하하. 나는 마지막 순간에 또 웃음을 터뜨리고 말았다.

———

그 후 연변과 경만을 떠올릴 때마다 내가 무언가로부터 '리별'되어 있다는, '량만'을 죽이고 살아왔다는 생각이 든다.

임신부이던 시절, 내가 속이 뒤집히는 입덧으로 고통받고 있을 때 함께 일하던 박혜령 피디가 내게 말했었다. "조금만 더 참아요. 어느 날 거짓말처럼 딱 멈추더라고요. 배가 출렁거리다가 항구에 도착하는 것처럼, 한없이 계속될 것 같던 멀미가 멈추며 두 발이 육지에 닿는 순간이 딱 오더라고요." 앞서 경험한 출산 선배의 이 말이 내게 큰 힘이 되었다. 그리고 6개월 이상 나를 온통 뒤흔들던 메슥거림이 정말 어느 날 아침 깨어나 몸을 일으키다보니 딱 멈춰 있었다.

연변 땅을 겨우 며칠간 밟으면서 내가 느낀 감흥이 저 때와 흡사했다. 연변 땅에서 경만을 비롯한 연변 사람들과 있는 동안 나는 깊고 깊은 안도감에 젖어들었다. 그 기적적인 귀소歸巢감을 어떻게 표현해야 할지 모르겠다. 그동안 발이 땅에 닿지 않은 채 살아왔는데 세상 어딘가에 닿을 곳이 존재한다는 느낌, 한없이 막막한 게 아니라 상실된 퍼즐 조각의 맞춰질 부분이, 딱 지금은 아니더라도 언젠가 어딘가에 있다는 든든함.

소위 '독박 육아'를 하며 프리랜서 방송작가로 산다는 구조 자체가 워낙 곡예曲藝스럽기도 했겠지만, 일터에서 여러 사람을 상대하고 아우르며 프로그램을 만들어가는 과정에서 받아온 스트레스도 만만치 않았던 것 같다.

성공을 추구하는 이들의 노선이 상충되고 첨예한 갈등이 불거

질 때, 사실은 자기 밥그릇이나 욕망을 강화하기를 원하면서 그 것을 공적公的 당위로 포장해 목소리 높이는 이를 마주할 때…… 아니, 사태를 그나마 최대한 모두에게 좋은 방향으로 도우려 하 는데 '작가님은 워낙 곱게 자라셔서 모르시겠지만' 하는 식으로 재단당할 때, 누구의 편에도 속하지 않는 난 늘 답답하고 허허로 웠다.

1990년대 초반에는 〈생방송 여성〉이라는 프로그램의 작가 일 을 오래 담당하면서 정서적으로 피폐해져 있기도 했다. 이 과정 을 설명하기 또한 쉽지 않다. 외부로부터 페미니즘 무리를 보호 하며 담론과 사람살이를 밀고 가는 과정에서, 외부의 몰이해는 그렇다 치고 내부적인 오해나 편견까지 삐죽거리자 지쳐갔다. "우 리 작가님, 아유 말투 좀 봐. 너무 여성스러운 것 아닌가요?" 등 등 내가 봤을 때 나보다 줏대가 한참 허약해 보이는 이가 강한 말투와 강한 목소리로 나를 매도하거나 훼방하려 할 때의 난감 함. 숱한 좌충우돌 속에서 프로그램 본연의 가치대로 끌고 가려 고 나름 애쓰는 동안, 가슴속이 구멍 난 문풍지처럼 너덜너덜해 져감을 느끼고 있었다……라고 하면 맞을까.

나는 밑도 끝도 없이 중얼거리곤 했다. '아, 분단되어 있구나. 나뿐 아니고 모두 분단되어 있구나. 우리 모두가 조각조각 나 있 구나.'

나는 나를 어떻게 증명해야 할지 도무지 방도가 없는 채로 허공중에서 아득해했다.

그런데 연변 땅에 발이 닿는 순간, '나는 그냥 나이기만 하면 되는 것을' 하는, 깊고 깊은 평화의 감각이 나를 찾아왔다. 누구답고 뭐 어떻게 보이고 하는 것은 다 어쭙잖게 지나가는 것일 뿐이라는, 숨통이 터지는 기분. 떠돌던 배가 항구에 닿는, 아직 그렇게까지는 아니더라도 닿을 곳이 있다는, 언젠가 닿을 수 있으리라는 안심에 온몸이 이완되었다. 깊이 감사했다.

경만, 우리는 '리별'되어 있었던 거야
'랑만'을 죽이며 살아오고 있었던 거야.

이게 다가 아니지.
그러니 우리 노력은 해보자.

희망 한 줄기.
저만치 허공에서 흔들리는 하얀 끈들……

이 희뿌연 닻이 느껴지는 것과 그렇지 않은 것 사이의 차이는 엄청나다.

1994년. 스산한 여행을 통해 내가 얻은 큰 축복이요 선물이
었다.

어머니의 집을 떠나다

가출 짐을 싸는데 애간장이 끊어지는 듯했다. 동생과 헤어져 있어야 하는 것이다. 어린 시절 여섯 살 아래의 동생은 내게 동생이면서 반쯤 딸 같은 존재였다. 동생이 갓난아기 때 엄마는 동생을 내게 맡기고—커다란 기저귀로 내 등에(내 가슴에 X자 형태가 되도록) 묶어놓고—장사하러 나가곤 했으므로 역사가 깊을 것이다. 동생은 겁이 엄청 많아 품속에 보호해야 할 존재였고 차별미도 심하게 했다. 엄마와 나 사이엔 '문영이는 때리면 안 된다'는 묵계 같은 것이 있었다.

오빠, 엄마 다 나가고 동생(중학교 1~2학년 무렵)도 학교에 있을 시각, 동생에게 편지를 썼다. 꼭 돌아올 테니 굳세게 지내고 있어라, 대략 이런 내용이었을 것이다. 약간의 용돈을 끼워넣었던 기억도 있다. 나는 스무 살, 아마도 만 열아홉이었을 것이다. 여고 시절 짝이었던, 유일하게 내 속사정을 아는 M이 날 돕기 위해 와 있었다. 짐을 가득 싼 트렁크를 끌고 집 밖을 나서는데, 허리가 꺾이며 대성통곡이 쏟아져 나왔다. 나는 왜 이래야 하는가. M이 놀라서 날 부축했다. 나는 무거운 트렁크를 질질 끌며, 우리 가족과 동네 사람들이 주로 다니는 용문시장 쪽 길이 아닌, 집 뒤편, 공덕동 쪽으로 난 골목을 꺼이꺼이 소리 내어 울며 내려갔다.

나는 그 전에 M과 상의 끝에 경기도 양평의 산속에 있는 용문산 기도원에 들어가 있기로 했었다. 산 아래에 신라시대부터 내려온 천 년 묵은 거대한 은행나무가 있는 바로 그곳. 찾아가다 보니 생각보다 멀었다. 버스를 타고 기차를 타고, 다시 버스를 타고 시골의 어느 한적한 종점에서 내린 후에도 산속으로 한 시간 이상을 올라가야 했다. 집을 떠나 기약 없이 살아본다는 게 물론 처음 있는 일이라, 나는 내가 옮길 수 있는 분량보다 짐을 넘치게 싼 듯했다. 무게감이 갈수록 버거워졌다. 버릴 수도 없고. M과 나는 합력하여 끌고 밀고 미끄러지고 엎어지면서 돌멩이투성이의 산길을 사력을 다해 올랐다. 다행히 완전히 캄캄해지기 전에 기도원에 도착했다.

용문산 기도원은 높고 평평한 지대에 자리한 본원과 여러 개의 별채로 이루어져 있었다. 서울 달동네에서 지내다 온 나에게 깊은 겨울 산세山勢의 풍경은 충격적일 만큼 아름답게 다가왔다. 동양의 수묵산수화에 나올 법한 신비한 정경. 게다가 삼시 세끼 식사가 제공된다니. 생시인가 싶었다. (내가 밥을 안 해도 된다니!) 한 달에 2만 원을 내면 장기 체류를 할 수 있었는데, 친구는 내게 몇 달 치 월세까지 쥐여주고 이튿날 돌아갔다.

그런데 기도원 담당자에게 인사를 하고 외딴 방에 짐을 풀고 나자, '엄마랑 오빠가 얼마나 놀라고 황당해할까' 하는 걱정과 가책이 먹구름처럼 몰려왔다.

나는 무단가출을 했다. 폭행이 습관이 되어온, 그 중독을 끊어 내야 할 엄마는 그렇다 치고, 대학을 졸업하고 이제 막 직장생활을 시작한 오빠까지 당황할 것이다. 오빠는 우리 집안의 종손으로서, 아마 날 찾아야 한다는 당위와 체면에 찾아나서긴 할 텐데, 오빠가 나에 대해 아는 게 뭐가 있나? 직장에 적응하기도 버거운데, 나를 찾는 행위를 하긴 하되 아마 별 성과 없는 뻘짓만 하게 될 것이다. 내가 이 기도원에 온 것은 아무도 모른다. 교회 친구? 동네 친구? 없다. 모른다. 엄마랑 오빠는 날 데려다준 친구 M의 존재도 알지 못한다. 내 엄마, 내 오빠가 바보 같은 표정을 지을 걸 생각하니, 오빠가 막막하게 헛고생을 할 생각을 하니 아우, 미쳐. 이건 아닌 것 같았다. 직장생활에도 지장받을지 모른다.

그렇다고 내 진로를 바꿀 순 없다. 내가 얼마나 많은 고뇌와 좌절 끝에 감행한 실천인가.

고민 끝에 나는 오빠(우리 집안의 유일한 남자요 엄마의 맏아들, 외아들인) 회사를 찾아가 이 사태의 되돌릴 수 없음을 설명하고, 내 처소를 알리고, 다시 기도원에 와 있어야겠다고 결심했다. 무단가출에서 유단가출有斷家出(이런 말은 없을 테지만)로. 변하는 것은 없다. 나의 의지를 설명하고, '나 잘 있을 테니 찾지 마시오, 때가 되면 돌아오겠소' 하리라.

아침 일찍 일어나 세수를 하고, 산 아래로 '외출'하는 기분이 참으로 묘했다. 서걱서걱.

서울 태평로에 있는 삼성 본관. 1층 로비 공중전화 박스에서 오빠에게 전화를 걸었다. 지하 커피숍에서 보기로 했다. 오빠가 어둡고 다소 멋쩍은 표정으로 들어섰다. 참 어색한 만남, 장면이었다. 나는 이날 어느 순간부턴가 아마 나의 심장, 나의 몸속 어딘가로 조금씩 한기寒氣가 새어 들어오는 걸 느끼고 있었다. 아 이건 뭐지. 내가 준비해간 말을 조곤조곤 하고 일어서려는데 오빠가 말했다. 다 좋다, 다 인정하겠다, 다 네 뜻대로 해라. 다만 '설 시즌이니, 집에 와서 딱 하루는 자고 가야 한다'고 했다.

아, 난 정말 그러기 싫었다. 얼마나 어색한가. 엄마도 봐야 하고, 동생도 봤다가 다시 헤어져야 한다니. 어떻게 떠나온 집인데…… 그 집엘 다시 들어가 자다니. 이런 단서는 왜 다는가. 나는 온몸이 뻣뻣해질 만큼 싫었지만, 결국 우리 집 가부장인 오빠의 처분, 교통정리를 받아들였다. 딱 한 밤이라잖아.

이윽고 버스를 타고 원효로에 도착, 내가 태어나고 자란 곳인 도원동 달동네의 경사진 곳으로 오르는데, 분명히 내가 며칠 전까지 살아온 집으로 향하는데, 이상하게 아득히 다른 차원의 세계, 전생이나 전설 속으로 타임머신이라도 타고 와서 걸어 들어가는 느낌이 들었다. 휘이잉, 바람도 불었다. 여기는 어딘가. 이승인가, 저승인가. 난 이미 '떠난 몸'이었고, 그 이물감이 끔찍했다. 빛바랜 사진 속으로 걸어 들어가는 기분. 더듬더듬. 여기였던가.

언덕 위 작은 우리 집엔 아무도 없었는데, 내 주머니 속엔 열쇠가 있어 나는 문을 열고 들어갔다. 하지만 방 안에 들어가진 않고 부뚜막에 우두커니 걸터앉아 있었다. 그 집은 현관문을 열면 조그만 부엌이 나오고, 왼편에 조금 큰 방(그 방에서 엄마, 나, 동생이 잔다)이, 오른편에 아주 작은 방(오빠가 잔다)이 있는 구조였다. 화장실은 좀 떨어진 주인집 걸 같이 썼다. 그러니까, 그때까지도 '단칸방'을 겨우 면한 형편이었다.

얼마 지나지 않아 엄마가 헐레벌떡 들어섰다. 아, 엄마는 나를 마주 보지 못했고, 또 조갈 들려 어쩔 줄 모르는 상태였고, 눈을 완전히 내리깔고 있었다. 그냥 한곳을 보면 될 텐데, 시선을 어디에도 두지 못해 엄마의 눈은 부엌 바닥의 이곳저곳을 헤매고 있었다. 헐떡이는 숨소리가 크게 들렸다. 엄마와 난 말을 한 마디도 하지 않았다. 예전이라면 내가 '엄마, 물이라도 한 잔 마셔봐' 하고 떠주었겠지만, 나는 이미 다른 세상으로 떠난 몸, 어쩔 수 없이 잠깐 들른 사람이었기에 어떤 말이나 행동도 하지 않았다. 엄마가 불쑥 웬 보퉁이를 내게 내밀었고, 나는 엉겁결에 받아들었다. 엄마가 어서 방으로 들어가자는 듯 나를 밀어, 그제야 우리는 방으로 들어갔다. 엄마가 그 보퉁이를 펼쳐 보이는데, 빨간 누비옷이 나왔다.

세상에. 대체 어디서 그런 빛깔과 모양의 누비옷을 사왔던 것일까? 아마 엄만 밖에 있다가 오빠로부터 연락을 받은 듯했다. 문음이가 어디 산속에 들어가 있다는데, 하루만 자고 가라 했고. 점퍼스커트 스타일의, 빨간 빛깔의 긴 누비 치마—목, 어깨 부분엔 프릴이 달려 있고, 빨간 바탕에 전체적으로 앙증맞은 작은 꽃무늬가 가득한, 정말 듣도 보도 못한 누비 드레스였다. 러시아나 몽골, 어느 추운 지방의 소수민족 처녀가 입을 법하다고 하면 설명이 될까? 아니 그러기에도 조금 넘치게 예뻤다. 좀더 독특한 나라 이름, 새로운 장르의 판타지 소설을 등장시켜야 어울릴

법했다. 내 키보다 좀더 길었던 치맛단을 이미 줄여와서, 나중에 산에 가서 입으니 딱 내 발목까지 내려왔다.

가출 후 엄마와 마주했던 순간은 그 빨간 누비 드레스로 기억된다.

밤이 되었다. 나는 낮부터 시작된 한기寒氣로 고통스러운 데다 온몸이 종합적으로 노곤하여, 어서 하룻밤을 무사히 지내고 산속으로 속히 돌아가리라는 조바심으로 쩔쩔매고 있었다. 예전처럼 엄마, 나, 여동생 이렇게 셋이 잠을 자는데, 엄마가 말없이 발로 나를 아랫목 쪽으로 세게 밀었다. 처음 있는 일이었다. 그 전에 엄마는 나를 제일 윗목 쪽으로 밀쳤었다.

아랫목이 저글저글 끓고 있었다. 이것도 평소와 달랐다. 연탄 값을 아끼느라 엄마는 아궁이 구멍을 헝겊, 종이 등 온갖 잡동사니로 꽉 틀어막아놓곤 했는데, 이날엔 활짝 열어놨나보았다. 맨 윗목엔 엄마가 가서 누웠다. 나는 펄펄 끓는 아랫목에서 모처럼 뜨끈하게 잠을 잤어야 했을 텐데…… 대체 이게 웬 조화란 말인가. 산을 내려와 서울에 도착하고, 오빠 회사로 들어설 때부터 시작된 몸속의 한기가 점점 퍼진다 싶더니, 분명 나는 뜨거운 아랫목에서 캐시밀론 솜이불을 덮고 누웠는데도 몸이 사시나무처럼 떨리기 시작했다. 이건 또 뭐지? 난 당황했다. 온몸이 부들

부들 떨리다가 급기야 내 이가 다닥다닥 부딪치는 게 아닌가. 나는 이불을 뒤집어쓴 채, 내 이 부딪치는 소리가 들릴까봐 이불 끄트머리를 입에 물고 소리를 죽이려 안간힘을 썼다. 죽도록 추웠다.

오빠는 명절 시즌이라며 집에 와서 하루 푹 자고 가라 했지만, 엄마는 아궁이를 열고 아랫목을 내주었지만, 나는 밤새 추위에 떨며 한 잠도 이루지 못했다.

어릴 때 읽었던 사명대사 일대기의 한 장면이 떠올랐다. 일본군이 사명대사를 무쇠로 된 방에 가두고 밤새 불을 땠는데, 아침에 열어보니 사명대사가 불에 타서 데어 죽기는커녕 서리를 뒤집어쓰고 수염엔 고드름을 단 채, '추워 죽겠다, 이놈들아!' 호통을 쳤다는 대목. 나는 과장된 만화나 삽화가 함께 떠오르는, '역사적 사실'과는 거리가 먼 이 설화의 장면이 사실이었는지도 모르겠다는 생각이 들었다.

그리고 나중에, 내가 영화를 만든다면, 이 장면—아랫목이 너무 뜨거워서 캐시밀론 이불은 타버렸는데 그 속에서 잔 사람은 얼어 죽은—을 써먹어야겠다고 생각했다. '그런데, 너무 이상하잖아?' 사람들이 허무맹랑하게 여기지 않을까 고민이 되었다. 현실이 더 개연성이 없구나…… 그런 밤이 있었다.

가출 시대 1

가출하여 용문산 기도원에서 머물렀던 세월 동안 내게 가장 강렬했던 기억을 꼽으라면 '눈보라의 장관'과 '바보 G씨'라 하겠다.

눈이 정말 하염없이 왔다. 대도시 서울에서 나고 자란 나는 그런 풍광을 처음 봤다. '펄펄 눈이 옵니다'의 그 펄펄펄. 나는 왜 '펄펄'이라 묘사했는지 그때 처음 알았다. 하늘이 뚫린 듯, 온 세상 하얗게. 때로는 바람과 함께 눈이 펄펄 왔다.

그 무한 강하하는 눈발 속에서 나를 강타한 것은 놀랍게도 향수鄕愁라는 낱말, 아니 그 증상이었다. 나는 그 눈발을 보며 고향 떠난, 집 떠난, 부모 형제를 떠난, 조국을 떠난…… 숱한 사람들의 저 사무치는 신열의 감정에 사로잡혔다. '이것이었구나!' 했다.

그중 한 갈래는 내 엄마가 품었을 향수병이었다. 이런 것이었겠구나. 눈발 날리는 1·4후퇴 때, 20대 초반의 나이에 노모를 업고 남으로 남으로 내려오던 심경. '잠깐만' '며칠만' 전쟁을 피했다가 '곧' 고향으로 돌아갈 줄 알았는데 그대로 발이 묶여버린 그 황망한 단절. 단애斷崖.

'혹시라도' 고향으로 돌아갈 수 있지 않을까? 기웃기웃, 이제 나저제나 틈을 엿보며 한 달 두 달, 그러다 한 해 두 해, 그러다 10년 20년……. 절망은 원한 게 아니었지. 어느 날 거울을 보니 머리가 하얘져 있다. 그 어이없음. 원통함. 단 한 번도 '그립다'거나 '기막히다' '안타깝다' '슬프다' 뭐 이런 형용 단어, 약한 소리 따위 입에 올려보지도 못하고 생존의 전투를 위해 달리면서 홀로 가슴으로 계속 쓸어내렸을 엄마의 그 똘똘 뭉친 감정의 소용돌이가 내게 도도하게 쏟아져 내렸다. 나는 눈보라 속에서 끙끙 앓으며 엄마의 '어떤 부분'을 이해했다. 곡哭이 나왔다.

스쳤던 유행가의 가사들이 새삼스럽게 스며들었다.

고향이 그리워도 못 가는 신세
저 하늘 저 산 아래 아득한 천 리
눈보라가 휘날리는 바람 찬 흥남부두에
목을 놓아 불러봤다 찾아를 봤다

타향살이 몇 해던가 손꼽아 헤어보니

고향 떠난 십여 년에 청춘만 늙어

……

용문산 기도원은 아마도 '대단한 기도'가 필요한 사람들이 모여드는 곳인 듯했다. 짧으면 2~3일, 길면 여러 달이 넘도록 몸과 마음에 말 못 할 아픔과 사연을 품은 사람들이 올라와 기도에 매달리다 돌아가곤 했다. 그곳에 이 한 몸 의탁한 장기 체류자였던 나는, 본원에서 좀 떨어진 외딴 별채에서 머물며 다양한 기도객을 스쳐 보냈다. 자신이 데려다 키운 소녀를 '딸'이라 부르며, 그러나 '몸종'처럼 달고 다니던, 꽤 교양 있고 부유해 뵈던 Y 사모님, 딸인지 여종인지 헷갈리는, 홍옥처럼 발그레한 뺨을 하고 찬송가를 썩 잘 부르던 S, 중병을 앓고 있다 했던가, 납빛 얼굴에다 입가엔 종종 허연 침 같은 게 묻어 있는데 눈빛만은 초롱초롱 빛나던 K 전도사님…… 그는 뼈만 남은 몸으로 계속 '40일 금식기도'에 정진하고 있었는데, 예배당으로 올라갈 때면 몸이 휘청거렸고, 내가 두껍기도 한 그의 성경책을 빼앗아 들어줄 때면 진심으로 고마워했다.

바보 G는 방문객이 아니고 오래전에 기도원에 맡겨진, 기도원

운영진에 속한 상주자였다. 사람들은 그를 '정신병자'라고 했다. 정신병 치료를 위해 이 기도원에 맡겨졌다는 사실 외에 G의 신상에 대해 알려진 바는 없었다.

둥근 얼굴, 두터운 입술, 회색빛 피부(콘크리트 빛이었다)를 한, 30대 중후반의 건장한 청년이었다. 큰 덩치만큼이나 기운이 장사여서 기도원의 험한 일을 도맡아 하고 있었고, 종종 맞았다. 그 기도원의 지도부 사람들이 귀신을 쫓아야 한다며 큰 소리로 기도하면서 그를 때렸고, 그때마다 그는 비명처럼 '아멘!'을 외쳤다. 방문객들은 그런 광경을 목도할 때마다 '아멘' '주여' 혹은 '……시옵소서' '……쇼셔' 하는 'ㅅ' 발음이 많이 들어가는 기도를 신음처럼 내뱉으며 혀를 끌끌 찰 뿐, 감히 어떤 관여나 행동도 할 엄두를 내지 못했다. 나 역시 그가 가여웠지만 어찌할 줄 몰라했을 뿐이다.

방문객들은 G와 개인적으로 마주치는 것은 두려워했다. 거리를 두고 되도록 피해다녔고, G가 사슬에 묶여 있을 때에야 안심했다.

나는 다른 건 몰라도, G가 나에게 위험하지 않다는 사실은 금세 알아차렸다. 때로 내가 용감하게 행동하는 것은 겁이 없어서가 아니라, 오히려 겁날 일이 너무 많다보니 나의 위험 감지력이 극도로 예민하게 작동되기 때문에 '나의 레이더에 자신이 있어서'일 것이다. G의 경우 그의 과거 내력이나 그에게 붙여진 병명이나 세상 사람들이 흔히 판단한 그의 객관적 정황에 대해서 나는 몰랐지만, 내 생각에 그는 타인 혹은 타생물에게 위해危害나 위협을 가할 수 있는 기능이 거세된, 회로가 끊긴, 장애인이거나 '천사'였다.

다른 이들의 숙소에서 가장 멀리 떨어져 있는 나의 별채 숙소는, 매일 나무로 구들에 불을 때야 한밤을 잘 수 있었다. 나는 본원이나 다른 별채에 손을 내밀지 않고 산에서 손수 나무를 해다 불을 땠는데, G는 곧 나의 지게질 스승이 되었다.

어느 날 산속에서 그를 만난 후 우리는 함께 나무를 하러 다녔다. 나는 그를 졸졸 쫓아다녔는데 그게 참 좋았다. G는 틈만 나면 사람을 두려워하기 때문에 처음엔 나 역시 두려워하는 듯 하더니만, 이 빨간 누비 드레스를 입은 소녀는 두려워하지 않아도 된다는 사실을 어느새 알아차린 듯했다.

그가 엄청나게 큰 지게를 지고 산으로 가는 소리가 들리면(내 별채 앞을 지나간다), 나도 작은 지게를 진 채 따라나섰고, 그가 큰 땔나무를 모을 때 나도 작은 가지들을 모았다. 우리는 곧 빙긋이 미소 짓거나, 흐흭 소리를 내며 웃게 되었다. 그가 넘어져서 내가 웃거나, 내가 그의 언동을 과장되게 흉내 내면, 그는 '으엉헝

형!' 황소 소리 같기도 한 특이한 음향을 발하며 웃었는데, 나는 그 웃음소리가 또 그렇게 좋았다. 몇 번은, 잔나무 가지들과 겨울 낙엽 위를 떼굴떼굴 구르며 둘이 세상이 꺼지게 웃기도 했다.

나는 지게질을 아주 잘했다. 힘은 없지만 요령이 좋았다. 엄청난 양의 나뭇짐을 지게에 싣고, 누군가 일으켜만 주면, 산 아래까지 지팡이로 몸의 균형을 맞춰가며 잰걸음으로 내려갈 수 있다. 단, 중간에 쉬어선 안 된다. 한번 자빠지면 절대 못 일어난다. 다다다다. 쉬지 않고 발을 움직여 목적지에 도착하자마자 뒤로 벌렁 눕고(뒤집힌 거북이처럼), 지게에서 어깨를 빼면서야 몸을 일으키는 것이다.

작은 체구의 내 힘으로는 도저히 질 수 없을 것 같은 커다란 나뭇짐을 지고 달리는 내 '지게 묘기 대행진'은 보는 사람마다 입을 딱 벌리고 감탄하게 만들었는데, 그럴 때도 나는, 훨씬 나중에 도착하는, 언제나 사람들 앞에서 양손을 빌고 또 빌며 기도 주문을 외는 정신병자, 바보 조각상이자 나의 친구, 나의 지게 스승인 G의 두꺼운 회색 피부, 온갖 흉터 뒤에 머금은 뿌듯한 미소를 떠올리곤 했더랬다.

(훗날 KBS1 「추적 60분」에서 산속 외딴 기도원들의 인권 침해 실태를 보도할 때, 얼핏 사슬에 묶인 채 학대당하는 이들의 얘기를 본 것 같은데, 그땐 나도 다른 방송 일로 워낙 바빠 용문산 기도원도 취재 대

상이었는지, G도 포함되어 있었는지 제대로 확인하지 못했다. 방송 후 많은 수의 기도원이 폐쇄되었다는 소문을 들었을 뿐이다.)

기도원 생활 두 달이 넘어가면서, 나는 광신도 아줌마들의 출몰과 등쌀이 지겨워지기 시작했다. 방문객이 많이 몰릴 때면 여성 신도 몇 명이 내 별채로 배정되어 함께 지내곤 했는데 어떤 기독교인 아줌마들은 뭐랄까 자기의 종교적 카리스마를 행사하고 싶어했다.

나는 다시 친구 M과 연락을 했다.

"아무래도 하산해야겠어."

나에겐 최소한의 생존비를 벌며 기숙할 수 있는 환경이 필요했다.

"어디 일하며 들어가 있을 만한 데…… 입주 가정교사 자리 없을까?"

마침 동부이촌동 아파트 어느 가정에서 중3을 가르칠 '참한 여자 가정교사'를 구한다는 연락을 받고, 면접을 보러 가게 되었다.

가출 시대 2

부유해 보이는 아파트촌. 화장을 곱게 한 미모의 여인이 거실로 나왔다. 명동의 유명한 미용실 원장이라고 했다. 예쁘지만 약간 표독스럽고 단호한 기운을 풍겼는데, 함께 간 내 친구 M과 중간 다리 역할을 한 M의 친척 앞에선 갑자기 눈이 풀리며 소탈한 표정이 되었다. 면접이라 해서 이것저것 까다롭게 물어볼 줄 알았는데 당장 들어올 수 있겠느냐고 물어와 좀 놀랐다. M과 M의 친척 언니가 기뻐했다.

알고 보니 이 집 어머니는 고아 출신으로, 언니와 함께 자수성가하여 명동 번화가에 본인들의 이름을 내건 미용실 두 채를 나란히 운영하고 있는 억척 여인이었다. 나는 곧 이 어머니가 나를 불러 공짜로 해준 '최일류', 생애 첫 파마머리를 하고 있게 되었다. 가족은 실베스터 스탤론의 눈매를 닮은, 덩치만 컸지 유명무실 호인인 아버지, 반에서 꼴찌를 도맡아 하는 아들, 포동포동 순진한 막내딸, 그리고 천덕꾸러기 할머니로 구성되어 있었다. 할머니는 아들 결혼 전후에 이 여인을 '집도 절도 없는 고아 출신'이라며 구박깨나 했던 모양이고, 이제 승승장구 사업이 성공함은 물론이려니와 집안의 실권을 장악한 며느리로부터 거꾸로 미움을 받고 있었다. 워낙 연로한 데다 며느리가 '노인 냄새' 난다며 싫어해 주로 방 안에만 계셨으므로 나와 마주칠 일은 거의 없었다. 집안일은 파출부가 다 했다.

내 임무는 '꼴찌만 하는 중3'인 그 집 외아들을 '고입 연합고사에 합격시키는 것'이었다.

그 집에는 전에도 가정교사가 여러 번 들고난 것 같았다. 가정교사가 그 원장 어머니를 못 견뎌했는지, 빈들거리는 중학교 3학년 아들을 못 견뎌했는지, 특이한 집안 분위기를 못 견뎌했는지, 아니면 그 어머니가 가정교사를 맘에 안 들어해 내보냈는지는 알 수 없었다. 그 어머니는 굳이 '입주'(아마 아들을 꽉 잡으려고) '여자'(아마 딸을 보호하려고) 가정교사를 원했다. 사실 난 지원자 중에 객관적으로 그리 좋은 조건이 아니었을 텐데(명문대는커녕 대학 문턱에도 못 가본 고졸에 뉘 집 자제인지 알 수 없는, 바람 불면 쓰러지게 생긴 묘령의 소녀 아닌가), 희한하게도 어머니는 날 보는 순간(내 눈에서 파란빛이 나왔다 한다), '이 여자다, 이제 난 살았다!' 확신이 들었다는 것이고, 눈보라 치는 산속 기도원에 있던 나는 하루아침에 전혀 다른 환경, 부유한 아파트촌의 럭셔리하고 안온한 실내로 이동해 있었다.

부드러운 조명의 내 방도 하나 받았다. 서울 하늘 아래 '나만의 방'이라니. 평생 처음 있는 일이었다. 산속 기도원에선 가장 외진 처소에서 매일 나무해다 불 때며 살지 않았나. 불을 때지 않으면 얼어 죽을 판이었다. 한데 있던 아궁이 쪽으로 눈보라가 몰아치던 날, 도무지 애벌 불이 붙질 않아 날이 저물도록 고생하던 악몽의 순간들이 떠올랐다. 순간이동이라도 한 듯, 나는 수도꼭지만 돌리면 더운 물이 나오고, 바로 곁에 타일로 된 청결한 화장실-욕실이 있고, 파출부와 아이들이 '선생님, 선생님' 하며 삼시 세끼 밥을 차려놓고 부르는, 그야말로 환상적인 현실 속에 진입해 있었다.

좋았을까?

노. 답은 노다.

네버. 뭐라고 설명하면 좋을까?

나는 행복하지 않았다. 시시때때로 울컥했다. 고개를 돌리다가 울컥. 집 떠나 낯선 곳에 와 있다는 운명이 서러웠다. 내 가족을 두고 멀리 온 터에 부귀영화가 다 무슨 소용이란 말인가.

아니, 대략 '멍'했다. 그저 '멍'했다. '멍—했다'는 표현이 참 적당한 것 같다. 나는 그냥 멍—하게 있었다. 하루 종일 멍—.

(난 사람에게 가끔 이렇게 멍하게 있을 여유를 허락해야 한다고 생각한다. 남편이든 아내든 자식이든 아무튼 타인에게 멍하게 있을 기회랄지 공간을 주어야 한다고.)

그때 난 새벽이면, 아니 저녁 무렵이면, 아니 안개 낄 때면……아 모르겠다, 너무나 많은 나날, 틈만 나면 몽유병자처럼 부스스 한강으로 나갔고,

멍하니 한강을 바라보았다.

정말 하염없이 한강을 바라보았다.

그저 보았다.

세상천지에

나와 한강만 있었다.

열 살 때 내가 너를 보았지.

그땐 내려다보았지.

스무 살 때도 내가 너를 보네.

지금은 마주 보네.

어떻게 표현해야 하는가?

아무 생각 없이.
그저 멍하게, 바라만 보았다. 한강을.
보고 또 보았다.

눈물이 주르르 흐르기도 했던가? 잘 모르겠다.
그냥 멍하게 있었다.

오랜 세월이 흐른 후에야 나는 그때 그 '멍청하게 보낸' 몇 달
이 내게 소중한 '쉼의 시간' '치유의 시간'이었겠다는 생각을 했다.

가출 시대 3

수십 년의 세월이 흐른 후에 '가출 시대'의 한 장면과 조우한 적이 있다. 당시 나는 교통사고 후유증을 치료하기 위해 딸아이 다니던 이우고등학교 근처 찜질-스파랜드 안의 스포츠 마사지실 원장님께 지압을 받으러 다니고 있었다. 왼쪽 목과 어깨가 연결되는, 등 쪽으로 조금 내려가다가 날개 뼈에 이르는 지점에 결정적으로 쑤시고 예리하게 아픈 곳이 있었는데, 천재적인 이 원장님은 비틀려 있던 부분을 기막히게 찾아내서 우두둑우두둑 제자리로 돌려놓곤 했다. 지압이 끝날 무렵 내 목과 어깨 아래쪽을 더듬다가, 섬세하고 날카로운 통증이 지나가는 부분을 찾아낸다.

"아아앗! 거기예요!"

"음, 이거 찾기 어려워요."

근육? 신경? 어딘가 척추 쪽으로 살짝 끼어들어간 듯 눌린 상태라고 했던가.

그런데 그 원장님이 처음 본 날 말했다.

"원래는 허리가 문제였겠는데요!"

"저 허리는 전혀 안 아픈데요?"

"아니, 잘 생각해봐요. 옛날에 허리 이 아래쪽을 크게 다친 적이 있어요."

아, 그러다가 생각났다. 맞다. 내 스무 살, 가출 시대에……

동부이촌동 아파트촌에서 내가 하는 일은 딱 두 가지였다. 하루 종일 한강을 바라보는 일, 그리고 중3 소년을 가르치는 일. 가르친 내용이 구체적으로 기억나진 않는다. 다만, 솔직히 그건 내게 너무나 '쉬운' 일이었다. 10등짜리를 5등 만들긴 어렵지만, 꼴찌를 중간 수준으로 끌어올리긴 쉽지 않은가. 특히 그 소년이 내겐 너무나 쉬운 대상이었다. '센' 어머니로 인해 기가 죽은 아이, 발바닥이 땅에 잘 안 닿고, 세상에 투입되기 어려워하는 열다섯 어린 영혼을 잠시 놓아주며(!) 가장 연한 모이 몇 알 주는 게 뭐 어렵겠는가. (사실은 나도 공부가 부족한 사람이었기에 오전에는 소년의 교과서와 참고서로 공부를 하고, 오후에 그 내용을 가르쳤다.)

그 빼질이 소년도 내가 들어와 행복했을 것이다. 그 소년의 사연이나 깊은 심리적 사정까지는 잘 모르겠지만, 공부라곤 도통 하지 않아 꼴찌는 도맡아두었던 그 소년에겐 무척 좋아하고, 푹 빠져 있던 취미가 두 가지 있었다. 하나는 손으로 뭐든 두드리는 것이고(드럼을 배우고 싶어했다), 또 하나는 유일하게 친하게 지내는 같은 아파트의 친구(얘는 심약한 공부벌레처럼 보이는 '우등생'이었다! 그래서 그 원장 아주머니가 더 화나 있었던 것도 같다)와 돌아다니며, '빗물 관을 타고 올라가기'라든가 '높은 곳에서 뛰어내리기' 등의 모험 행위를 하는 것이었다. (훗날 나는 익스트림 스포츠인 '야마카시' 동영상을 보며 이들을 떠올렸더랬다.)

밤 10시가 되면 창밖 아래서 친구가 보내는 암호가 들려온다.

"아니 버얼써!"(이건 당시에 한창 유행하던 산울림 노래 〈아니 벌써〉의 앞 대목이다)

내가 맡은 소년이 내 눈치를 본다.

"다 풀었잖아. 가도 돼. 빨리 대답해!"

나는 소년을 응원해준다. 소년은 창문을 열고 내려다보며 답한다.

"10시가 되었나아." ('해가 솟았나'의 가사 부분을 이렇게.)

얘의 목소리는 작다. 그러나 기쁨과 웃음이 잔뜩 묻어난다. 정말, 너무 좋아한다. 얘가 내려가지 못했을 때 하염없이 들렸을, 메아리 없는 '아니 버얼써' 소리를 떠올리면 웃음이 난다. 도수 높은 안경을 쓰고 깊은 밤, 외양에 어울리지 않게 '아니 버얼써' '아니 버얼써' 속삭이다 점점 더 크게 울부짖었을 소리……

둘이 심야에 돌아다니며 뭔 모험을 했는지 나는 모른다. 다만, 그 애들은 착한 아이들이고, 좋지 않은 일을 벌일 위인이 못 된다는 것을 알 뿐이다. 난 그들을 믿었다. 소년은 몇 시간 후엔 꼭 살금살금 돌아와 쿨쿨 잤고, 나는 맘씨 좋은 공모자였으며, 성적은 완만하게 올랐다.

어느 공휴일이었나? 아니다. 중간고사가 끝난 날이었던 것 같다. 이번엔 훤한 대낮에 얘네들이 또 작당을 해서 나서는데, 내가 불쑥 '나도 같이 가자!' 하고는 따라나섰다. 내가 도대체 왜 그랬는지 모르겠다. 애들이 뛰기 시작했고, 나도 무조건 쫓아서 달려 나갔다. 이 친구들이 어떤 복도 계단 쪽의 창으로 나가더니, 그곳의 난간─가장자리의 볼록 솟은 부분 위에 올라서서 아래를 향해 훌쩍 뛰었다.

나도 아무 생각 없이 복도 끝 창밖으로 따라 나갔는데, 난간의 볼록 솟은 부분의 아래가 너무 깊어 내가 흠칫 놀라는 순간과, 두 사내아이가 '선생님, 안 돼요! 선생님은 하지 마세요!' 외치는 순간과, 건물 쪽으로 다시 주저앉을지 바깥쪽으로 뛰어내릴지 결정짓는 찰나, '이번엔 하고 말리라. 내가 다섯 살 때도 못 했

고, 열 살 때도 한강에서 뛰어내리지 못했지만' 하고 결심하는(그
남자애들의 '선생님은' '마세요' 뭐 이런 외침들이 오히려 내 결심을 부채
질했던 것도 같다) 선택이 거의 동시였다. 난 아무 준비도 대책도
연습도 없이 몸을 던졌고, '뻑!' 하는 굉음과 함께 바닥에 엉덩방
아를 찧었다.

큰일났다는 생각. 나는 동시에 얼굴을 숙였다. 통증과 눈물을
보이고 싶지 않았다.

"선생님, 괜찮으세요?"

아이들이 다가왔고, 난 괜찮으니 너희는 어서 가서 놀라고 강
압적으로 말했다. 이 어수룩한 아이들은 내 위세에 눌려 슬금슬
금 사라지고, 난 주저앉은 채 '이대로 죽나보다' 하고 하느님을 찾
았다.

지금 생각하면 참 한심한데 그땐 그랬다. 정말 아무것도 몰랐
다. 지금이라면 물론 119를 불렀겠지. 휴대전화가 없던 시절 뭐
이런 환경이 중요한 게 아니라, 그렇다, 당시의 내겐 '타인에게 도
움을 청한다'거나 '병원에 가야 한다'는 개념 자체가 없었다. 어떻
게 설명해야 하나? 정말 그런 건 그냥 내 사전에 없었다. 그저 엄
마 품에 있다가 이상한 낯선 세상으로 튕겨져 나온, 아니 도망
나온 병아리였나. 다만 속으로 '나 좀 살려주세요'를 반복했다.

공지영의 소설집『인간에 대한 예의』였나? 어느 작품에선가 오랜 수감생활을 마치고 나온 장기수 할아버지가 어떤 집에 살면서 문을 열 줄 몰라(감옥에선 늘 간수가 열어주었기에) 그냥 드르륵 열기만 하면 되는 미닫이문을 두드리며 '문 열어달라' 외치는 모습을 보고 찾아갔던 여주인공이 가슴 아파하는 대목을 봤을 때, 나는 그 여주인공이 아니라 그 할아버지를, '당연히' 이해했다. 생각으로가 아니라 온몸으로. 그건 그냥 그런 거다.

「쇼생크 탈출」이란 영화를 봤을 때도 평생 감옥에 있다가 막상 자유의 몸이 되고 고향으로 보내지자 감옥 밖 낯선 일상의 파도, 일상의 폭력(!)을 감당하지 못해 차라리 목을 매달고 만 할아버지를, 난 온 마음으로 이해했다.

물론 그 지혜로운 흑인(모건 프리먼 분)을 바라고, 환상적인 의지의 주인공(팀 로빈스 분)을 꿈꾸지만, 나의 몸, 나의 현실은 그 할아버지와 맞닿아 있다는 걸 안다는 말이다. 그것이 현실이다. 몸적的 현실.

그 잔디밭에서부터 내 방까지 기어가는 데 몇 시간이 걸렸을까? 당시 주변엔 아무도 없었다. 어쩌면 그렇게 텅 비어 있었을까? 죽거나 불구가 될 것 같은 공포 속에서 나는 굼벵이처럼 온몸을 굴려가며 내 방까지 엉금엉금 기어서 갔다.

그때 내 방엔 출처를 알 수 없는 손바닥만 한 요가 책이 한 권 있었는데, 방에 진입한 난 구세주라도 되는 양 그 요가 책을 보며 첫 장부터 끝 장까지, 그 종이 위에 그림과 함께 쓰여 있는 대로 따라 하려 용을 썼다. 숨을 쉬기조차 힘들었다. 마음 상태를 상징적으로 묘사하는 게 아니라 실제로 목, 허파, 갈비뼈에 공기를 넣기가 어려웠다.

호흡. '후~'

자세. '아악~'

이를 악물고 통증과 싸우며 사진과 설명에 나온 대로 내 뼈, 나의 사지를 움직이려 애썼다. 숨이 가빠지며 쉬어지질 않아 몸을 흔들며 헐떡이기도 했고, 심장이 멎는 것 같다가 신기하게 뜨거운 기운이 몸 이쪽저쪽을 휘돌며 올라오기도 했고, 엄청 추워지기도 했다. 온몸이 땀으로 범벅이 되는 아수라. 몇 시간을 투쟁했는지 가늠할 수 없는 시공간이었다. '살려주세요' '고쳐주세요' '온전하게 해주세요' 간구하며 손바닥만 한 책에 의지한 채 몸을 찢고 비틀고 하다가 기절했다.

얼마만큼 시간이 흘렀을까? 그 집 막내 여자애가 날 깨웠다.

"선생님, 엄마가 아무리 아파도 이젠 그만 일어나 식사하시래요!"

앗? 살았나?

나는 깨어나 다시 아파트 안의 내 방을 둘러보았다. 아마 다음 날 저녁때까지 내가 꿈쩍도 안 하자, 주인아줌마가 '몸살이 심해도 너무하잖아?' 했던 모양이고, 큰애—소년은 전전긍긍했겠지만, '우리의 비밀'을 말할 리는 없었을 게다.

"응. 나 좀 씻고 천천히 먹을 테니 먼저 드시라고 말씀드려."

그러고는 몸을 살살 움직여보니…… '와, 살아 있네.' 여기저기 뻐근하게 아프긴 하지만, 와, 벽을 짚으며 걸어갈 수 있었다. 어제 넘어진 직후엔 전혀 몸을 세우지 못했는데 말이다. 나는 욕실로 들어가 뜨거운 물로 샤워를 하며 몸을 조심스럽게 움직여보았다. 아직 작은 비명이 나올 만큼 아프지만 회복 가능한 느낌이 들었다. '살았다! 고맙습니다, 고맙습니다……'

내가 지압 선생님께 한 말은 길지 않았다.

"아, 생각났어요! 저 스무 살 때 되게 높은 데서 떨어져 엉덩방아 찧은 적이 있는데, 병원 안 가고 제가 혼자 요가 해서 고친 적이 있어요!"

지압 선생님도 태연하게 말을 받았다.

"아마 요가 자세를 상당히 잘하지요? 사람마다 다를 텐데, 요가가 전혀 도움이 안 될 수도 있어요. 유연성은 충분히 좋아. 그런데 몸을 똑바로 잡아주는 게 중요해요."

누구 말이 얼마만큼 맞을지 어찌 알겠는가. 몸에는 몸이 경험한 역사가 고스란히 축적되어 있을 테지만 생각이나 언어로 판별하거나 분석해내기란 불가능할 것이다.

동부이촌동에는 다섯 달 정도 있다가 소년의 성적을 꽤 올려놓은 후 집으로 돌아가게 되었다.

3부

팬티 사건

엄마는 내게 꼭 필요한 물건을 사주지 않을 때가 많았다. 특히 내 사춘기 시절에 심했던 것 같다. 귀하게 섬기는 오빠에겐 물론이고, 겁 많은 막내에겐 그러지 않았는데 말이다. 지금 생각해보면 모든 것은 멀쩡한 외연 속에서 진행되었기에 내게 더 끔찍한 현실이었던 것 같다. 편들어주거나 공감해주는 이 없이 나 홀로 고립무원 속에 살았다. 아무도 알아주지 않았다. 내가 초연한 표정을 하고 있는 아이라 더 그랬을까.

책가방을 사주지 않아 노심초사하며 엄마에게 사달라고 계속 요구하던 시기가 있었다. 여고 1학년. 나만 중학교 때 가방을 들고 다녔다. 규정에 어긋난다고 걸리거나 하진 않았지만, 지정 가방의 빛깔과 모양새가 여느 아이들과 엄연히 다르니 자꾸 주눅이 들었다. 게다가 이제 내 가방은 뜯어질 듯 위태로웠고, 손잡이도 건덩건덩했다. 작은 부속 핀 같은 것이 자꾸 빠져서, 걷다 말고 멈춰 서서 끼워넣고는 다시 걸어야 했다. 이러다 어느 날 길거리에서 손잡이가 완전히 빠져버릴까봐 불안 불안했다. 그렇게 되면 어떡하나. 여학생 교복 차림으로 가방을 부둥켜안고 걸을 것인가. 엄마가 싫어할 줄은 알았지만, 절박하게 말할 수밖에 없었다.

"엄마, 나 가방은 사줘야 돼."

그럴 때마다 엄마는 '쯧!' 하고 특유의 소리를 내며 입 닥치고 있으라 했다. 엄마로선 언제나 '가장 듣기 싫은 말, 듣기 싫은 순간'이었다. 히스테리의 벼랑.

내 가방은 점점 솔기가 뜯겨가고 있었다. 당시 내겐 돈이 없었다. 학교를 걸어서 다녔기에 차비를 받아 어찌 뻥땅할 기회도 주어지지 않았고, 아버지도 안 계시는 데다 오빠는 어디 입주 가정교사로 나가 살고 있었다. 엄마가 돈을 주지 않으면 나한테 다른 도리가 있었겠나? 어디 가서 훔치지 않는 바에야……

어느 날 아침, 난 더 이상 안 되겠다 싶어 크게 심호흡을 하고 엄마에게 다시 말했다.

"엄마. 제발, 가방……!"

엄마가 폭발했다.

"내가 가만있으랬지!"

맞았나? 맞기도 했겠지. 아마 머리통, 몸통을 몇 대 후려 맞은 것도 같은데 그건 기억나지 않는다. 다른 장면. 엄마의 행동이 너무 생경하고 선명했기 때문이다. 엄마가 아주 통렬하게, '감히 또 내 말을 거슬러?' '어디 꼴 좀 보자' '이 꼴을 봐라. 꼴 좋다'는 듯이 통쾌하게, 내 가방을 '좌아악!' 뜯어버렸던 것이다. 너무 낡아서였을까. 거짓말처럼 내 책가방이 반으로 좍 찢어지며 가방 안에 있던 내용물이 다 쏟아졌다. 우르르 콰당당…….

그러고는 정말 내 가방을 발기발기 찢기 시작했다. 엄만 정말 힘도 좋다. 앙다문 입술을 앞으로 조금 내민 채 부들부들 떨며. '발기발기'라는 말이 이런 거구나. 무슨 북어포 찢듯이. 이게 가능하구나…….

아슬아슬하게 버티던 내 가방. 나만 아는 글자(내가 중학생 때 발명(?)한 자모도 있었다)가 적힌 무슨 비밀 일기장도 넣고 다녔을 테고, 이 안엔 『개선문』의 라비크와 조앙의 사랑에 대한 나의 감상도 담겨 있었을 것이다. 외국 잡지에서 오린 맘에 드는 사진으로 표지를 장식한 수첩과 아기자기한 작은 물건들도 담겨 있었을 '외부'가 수십 조각의 잔해가 되었다. 있는 힘을 다해 발기발기. 아마 엄마의 팔 근육도 탈진했을 것이다.

어떡한다지? 나는 말없이 집 안을 뒤져 서랍에서 보자기를 하나 꺼냈다. 흩어져버린, 가방 속에 있던 내용물을 보자기에 쌌다. 묶었다. 그리고 이제 어떡한다지? 학교는 이미 지각한 지 오래다. 그런데 이 보자기를 들고 학교에 가야 한단 말이지? 이건 정말 너무 눈에 띄잖아…….

그때 무슨 일이었을까, 오빠가 갑자기 들어섰다. 아마 집에 볼일이 있어 들른 듯했다. 그리고 아련한 기억. 구세주처럼 나타난 오빠가 공덕시장에 데려가 책가방을 사줬다! 와, 비싼 건 아니었겠지만 멀쩡한 고등학생 가방. 난 보자기 속 물건들을 흥겹게 새 가방으로 옮겼겠지. 오빠는 이제 어서 학교에 가라면서 '이런 일은 다 잊어버려라' 했다.

엄마가 오버코트를 사주지 않아 교복 바람으로 떨며 학교에 다녔던 기간도 꽤 길었다. '돈이 없어서'라고만 할 수도 없는 것이, 엄마는 오버코트가 다섯 벌쯤 있었고, 그중엔 털이 많이 달린 꽤 화려한 것도 있었다. 한번은 내가 너무 춥다고, 그중에서 거의 입지 않은 검은 오버를 줄여서 내게 달라고 했다가 엄청 얻어터졌다. 엄만 내게 어떤 루트론가 '복수'를 하고 있는 것만 같았는데…… 나로선 전혀 해독 불가였다.

중학생 때도 나만 오버 없이 교복만 입은 채 꽤 오랫동안 다니다가 어떤 친구가 자기가 입지 않는 오버를 가져다주어 입었고, 고등학생 땐 심태숙이라는, 너무 말라 별명이 '올리브'였던 반 친구가 자기 중학생 때 입던 것도 괜찮느냐면서 갖다주었는데, 허리선이 들어가진 않았지만(중학교 교복은 그냥 H 라인이고, 고등학교 교복은 허리가 살짝 들어간 디자인이었다) 무척 예쁘고 품질이 좋은 코트였다. 태숙도 코트처럼 예쁘고 품성이 아주 좋은, 교양미 있는 친구여서 나는 그 착용감 좋은 오버코트를 오래도록 행복하게 입고 다녔던 기억이 난다.

그중 압권은 '팬티 사건'이다. 엄마는 어느 한 시절 나에게 속옷을 사주지 않았다. 내가 나름 깨끗이 빨아 입고 다녔지만 해져서 구멍이 나는 걸 막을 순 없었다.

"엄마, 나 속옷 사줘. 그래야 돼."

가방 때와 같은 실랑이. 대치 상태가 계속되었다. 엄만 절대 사주지 않았다. 내가 빨래 넌 걸 보면서 히죽히죽 웃었다.

어느 날이었다. 정신을 차리고 보니 체육 시간이었다. 나는 체육 시간을 기피했기에 대개는 악착같이 주번과 바꿔 교실 안에 남아 있곤 했는데, 이날은 그게 잘 안 되었나보다. 동급생들이 무언가를 준비하고 있었다. 아이들도 나도 반팔에 아주 짧은 반바지 체육복을 입고 있었다. 그리고…… '뭣들 하고 있는 거지?' 아,

잠시 후에 있을 물구나무서기 시험 연습을 하고 있는 거였다.

운동장. 한 아이가 물구나무를 서고, 짝이 된 아이가 다리와 발목을 잡아주다가 선생님께서 손을 놓으라고 하면 손을 놓고, 열 셀 동안 쓰러지지 않고 있으면 만점, 이런 식으로 채점을 하는 모양이었다. 그런데 물구나무서기 자세로 거꾸로 다리를 올리면, 팔랑거리는 반바지 자락이 젖혀지면서 가까이 있는 사람에겐 팬티가 살짝 보이는 게 아닌가. 안 보이는 경우도 있지만 대개는 보였다. 오 마이 갓. 내 팬티는 나달나달. 어떤 데는 작은 구멍들도 뚫려 있지 않은가.

어떡한다지? 그냥 도망가버려? 어디로? 갑자기 기절해버릴까? 그럼 양호실로 실려갈까? 들것으로 실려가면 좋을 텐데, 업히게 되는 건 싫다. 어떡하지? 아, 일부러 물구나무를 전혀 서지 못하는 척, 아예 다리를 전혀 들지 말아볼까. 어떻게?

이제 좀 있으면 집합-정렬하여 시험이 시작될 참인데, 내게 옷핀이 두 개 있다는 게 생각났다. 난 얼른 화장실로 달려가 나달나달한 부분을 옷핀으로 꿰매듯 고정시키고, 다른 핀으로는 팬티와 반바지를 꿰어 고정시켰다.

그러고는 아이들 곁으로 돌아왔는데, 여전히 가슴이 콩닥거렸다. 먼저 시험 치르는 아이들을 관찰했다. 애들 물구나무서기, 진짜 못 한다. 다리가 대략 20도, 30도 올라가다가 툭 떨어진다. 잡아주는 짝이 억지로 다리를 잡아올려 세워주려다가 중력에 못이겨 둘이 함께 우당탕 넘어지기도 한다. 하하. 잡아주는 아이, 줄 서 있는 아이, 채점하는 선생님을 가만 보니 조금 멀찍이 작은 의자에 앉아서 채점하는 체육 선생님(남자!)에겐 일단 속옷이 전혀 보이지 않는다. 각이 안 나온다. 일부러 그렇게 앉으신 것 같다.

그리고 흐음, 물구나무서기를 어정쩡한 높이까지 하는 것보다는 아예 다리를 90도로 확실하게 휙, 끝까지 재빨리 올려버리는 게, 아니 그 반대편 쪽으로(100도나 110도) 다리를 휘어버리는 게 선생님 시야를 확실하게 피하는 방법이다. 줄지어 있는 아이들 쪽에서 봐도, 그렇게 하면 팬티가 보이지 않는다. 보일 가능성이 있는 건, 가까이서 다리를 잡아주게 될 짝에게뿐이다. 최악의 경우, 딱 한 명만 보게 되는 거다. 다리를 잡아주면서, 관심이 없어서 시선을 전혀 다른 곳에 두어 보지 않을 수도 있고, 내 바짓단이 얌전해주어(가려주어) 보이지 않을 수도 있다. 오늘 내 짝이 될 친구는? 휴 다행이다. 유난히 얼굴이 검고, 시골에서 올라온 듯 소박해 보이는 효순이다.

효순아, 네가 좋아. 날 부탁해.

점점 내 순서가 다가온다. 심장이 쿵당쿵당. 난 효순에게 다가 가 말한다.

"나 다리 잘 올릴 거거든? 그니까 꽉 잡을 필요 없어. 그냥 잡 는 시늉만 하면서 다리가 뒤로 아예 넘어가버리지만 않게 해줘. 그리고 내가 중심을 잡는 것 같거든 얼른 손을 놔버려. 다리를 계속 잡고 있으면 내가 무게중심을 잡는 데 오히려 방해되니까."

"응, 알았어."

내 순서다. 에라 모르겠다. 나는 다리를 그냥 재빨리 힘껏 올 린다. 다리는 90도를 훌쩍 넘어간다. 짝꿍이 내 발을 살짝 잡는 듯하고, 나는 얼른 무게중심을 잡는다. 다리는 100도쯤 약간 휜 상태로 고정 자세를 취한다. 효순이가 손을 놓는다. 체육 선생님 의 목소리가 들린다. 일, 이⋯⋯ 육, 칠, 팔, 구, 십. 만점!

나, 다리를 내린다. 후드득. 땀이 지나간다. 휴, 됐다. 아, 다행이 야. 완벽했어. 최선을 다해 성공한 것 같다. 그리고 그 며칠 뒤였 나, 다음 날이었나. 효순이가 머뭇머뭇 내게 왔다. 시선을 마주치 지 못하고 눈을 내리깐 채.

"문음아."

내 손을 가만 잡아끌고 인적 없는 곳으로 데려간다. 가난한 검 은 얼굴 소녀, 효순이.

"문음아, 이거⋯⋯ 한 번도 안 입은 거야."

'봤구나!'

그녀가 간절하다.

'고민 많이 했구나.'

난 그냥 하얘졌던가.

노란 봉투 속에 아직 입지 않은 새 팬티 두 장. 그녀도 돈이 없었을 것이다. 집에 있는 걸 그냥 빼왔겠지. 어쩌면 언니 것을 몰래 훔쳐왔을 수도. 모르겠다. 그다음 일은 잘 기억나지 않는다. 내가 그걸 입었는지 어쨌는지도. 고맙단 말이나 했는지도. 그 후로는 그 문제가 해결되었고, 같은 일로 고생하지 않았다는 것은 분명하다. 그 직후에 엄마가 속옷을 여러 벌 사주었는지, 내게 어찌어찌 돈이 생겼는지 전혀 기억나지 않는다.

다만 그 사건 이후 어느 날 오빠가 왔을 때 내가 그날의 이야기를 하며 고래고래 절규했던 게 생생하게 기억난다. 그리고 오빠가 씁쓸한 표정으로 듣다가 다시,

"문음아, 넌 그런 일들을 다 잊어야 한다."

했던 것. 내가 대꾸했다.

"왜 자꾸 잊으라고만 해? 난 잊지 못할 거야!"

오빠가 냉정하고도 불만스러운 표정으로 날 응시했던가?

어쨌거나 오빠는 그런 일들을 정말 새까맣게 잊었고, 난 이렇

게 기억하며 쓰고 있다. 각자가 했던 말처럼. 어쩌면 난 잘 잊기 위해 이렇게 끄적거리고 있는 것일 수도…….

라일락 이야기

언어로 옮기기 힘든 이야기들이 있다.

나는 눈에 보이지 않는 감옥에 갇혀 있다. 그런 것 같다. 언젠가부터 절대 하고 싶지 않은? 하고 싶은? 아무튼 '마법처럼 엄청난 훼방의 에너지가 작동하는' 저 얘기들을 풀어내는 게 감옥 문을 여는 열쇠가 아닐까 생각하게 되었다.

라일락 이야기는 더욱이 남에게 이해시키기 힘든, 너무나 개인적인 감각 같아 빼놓으려 했는데 그냥 하기로 한다.

여고 시절 나에겐 나의 라일락이 있었다. 교실 앞자리 창밖에, 그리 굵다고 할 수 없는 라일락 몇 그루. 한동안 나는 그 라일락 꽃잎 속에 숨어 살았다.

학교에 가면 창가 맨 앞 내 자리에 앉아 가만 창밖을 내다본다. 그리고 휘이잉 날아가 꽃 속으로 들어간다. 꽃에 안기고 꽃잎을 말아 오므린다. 향기 가득하다. 평온하다…….

나는 이 짓을 매일 반복했다. 내 몸은 교실에 앉아 있었겠지만 나는 교실에 없었다. 당연히 나는 교실에서 하루 종일 무슨 일이 있었는지 거의 몰랐다. 나는 선생님들이 무슨 얘길 했는지 들은 적이 없다. 나와 가까운 친구들이, 나의 이런 점에 충격을 받기도 했다.

"너 정말 몰라? 아까 뭘 배웠는지?"

"응. 전혀. 지금 니가 하는 말, 생전 처음 듣는 단어들이야."

시험 시간엔 대략 맘에 드는 번호를 아무거나 찍었다. 문제와 보기들을 휘리릭 읽고 그냥 내키는 대로 썼다. 성적은? 물론 거의 꼴찌였다. 내 성적 따위에 관심을 갖는 사람은 아무도 없었다. 체육 시간이나 음악 시간에도 가능하면 주변과 바꿔 가지 않았고, 교실에 나 홀로 남아 라일락 나무 앞에 앉았고, 라일락 꽃 속에 들어가 있었다.

나에게 나는, 한없이 작아지고 투명해져버린 존재였다. 꿈속에서는 일상적으로 벽이나 문을 그대로 통과해서 다녔다. 훨훨 날아다니기도 했다. 현실에서도 점처럼 작아져 라일락 꽃 속에서 안식을 취하는 감각이 이어져서인지, 나는 벌레 한 마리도 잡지 못했다. 그건 '불가능'이었다. 바퀴벌레가 나타나면 동생을 깨웠고, 동생이 잡아주었다.

훨씬 훗날, 내가 사회생활을 한창 하고 있고, 오빠도 결혼하고 애(조카) 둘 낳고 광명시의 번듯한 아파트에 온 가족이 모여 살던 시절. 큰조카 세진이가 서너 살 무렵이었나? 내게 잠자리를 잡아 달라고 한 적이 있다. 난 기분 좋게 잠자리채를 들고 아파트 안에 있는 작은 동산에 올랐다. 햇살도 좋고 잠자리도 많았다. 그러나 나는 잠자리를 한 마리도 잡을 수 없었다. 잠자리를 향해 잠자리채를 내리는 그 '순간'을 나는 견디지 못하고 비킨다. 차마 잡지 못한다. 잠자리가 '가엾어서'인지 그 '순간'에 '내가 잠자리보다 더 작은 존재가 되어버려서'라고 해야 할지 알 수 없다.

(영화 「사랑과 영혼」에서 유령이 된 남자 주인공이 지상세계의 물건을 건드릴 수 없자, 깡통을 차는 식의 맹훈련을 하고, 나중에 사랑하는 여인 앞에서 동전을 들어올리는 묘기를 보이는 장면이 있다. 이를테면 그 남자 주인공처럼, 이 지상에서 나는 어떤 종류의 육체성을 행사할 수 없는 상태로 살고 있었던 것일까.)

조카는 칭얼거리기 시작했고, "응. 고모가 이번엔 정말 잡아볼게" 하면서 온몸이 땀 범벅이 된 나는 잠자리를 잡아주고 싶어 사력을 다했다. 그러나 그 커다란 망으로 한 마리도 잡지 못

했다. 잠자리를 잡을 수 있는 결정적인 포인트를 내가 피했다. 내 능력으론 안 됐다. 아마 사람을 칼로 찌르라는 것과 같은 무게였던 것일까. 어린 조카보다 내가 더 울고 싶었을 것이다. 빈손으로 그 잠자리 가득한 동산을 뒤로하고 실망한 조카의 손을 잡고 내려오면서 나야말로 절망했다. 난 잠자리 한 마리도 못 잡는 인간이구나……. 엄마 말대로 난 미물微物이구나. (엄만 날 '미물단지'라 불렀다.) 아, 미물 맞구나 했다.

  내가 벌레를 잡을 수 있게 된 것은 딸을 낳은 후였다. (엄청난 '파괴'를 겪으며 한 생명을, 나 아닌 내가 보살펴야 할 '타존재'를 낳은 후 나는 땅에 발을 디디고 엄마 역할을 하려 안간힘을 썼다.) 특히 이혼 후 어느 독특한 구조의 집(방)으로 이사했던 날 밤을 잊지 못한다.

  그 집은 마치 방공호 속으로 들어간 것 같은 모양이었다. ㅁ자 모양으로, 온통 다른 집과 방으로 둘러싸인 곳. 밖에선 전혀 보이지 않는다. 어린이 몸 하나 간신히 지나갈 틈새로 드나들게 되어 있다. (그래서 전세가 쌌을 것이다. 지금 생각해보니 내가 무슨 범죄자도 아니고 불법체류자도 아닌데 왜 그랬을까 싶다. 아마 그때까지도 나의 내부는 '숨어 있기 좋은 방'으로 기어드는 본능이 작동되는 상태였나보다.) 용문동. 나 어릴 때 엄마와도 자주 다녔던 '불로장수

옥'이라는 식당 자리였다. 그 오래된 식당을 사람 사는 집 여러 채로 개조하는 과정에서 가장 안쪽에 이런 이상한 모양의 방이 생겨났던 것. 그렇다면 이삿짐을 어떻게 들여놓을까? 그 바로 앞 집은 계란 도매 가게인데, 그 가게 창고의 짐들을 다 치우면, 거대 미닫이문(우리 집의 한쪽 벽면이기도 한)이 드러난다. 이삿날엔 이 미닫이문을 활짝 열고 이삿짐을 수월하게 들여놓은 다음, 그 문을 닫고 계란 가게의 짐들을 차곡차곡 쌓아놓으니 다시 벽처럼 되었다. 완전 안네 프랑크의 피란처 같은 곳인데, 그래도 안은 넓고, 쓸 만한 부엌도 갖춘 데다 있을 건 다 있었다. 혜인인 아직 어려서 뭐가 뭔지 하나도 모를 때. (그 집으로 혜인을 위해 연한 인디언 핑크 빛 나는 최고급 에이스 침대를 들여놓았고, 나를 위해서도 연한 올리브 빛의 붙박이장을 맞추고 제법 예쁘게 꾸몄다.)

이사 마친 날 밤, 자다가 이상한 소리가 들려서 깼다. 무슨 소리지? 불을 켜고, 아아. 난 내 눈을 의심했다. 눈앞에 엄청난 크기(매미만 하다!)의 바퀴벌레 수십 마리가 새떼처럼 방 안 가득 날고 있었다. 오래 비어 있던 이 방은 밤에 활개 치는 바퀴벌레의 소굴이었던 것이다.

혜인이는 내 등에 찰싹 업혀 내 목을 죽어라 눌러대며 껴안았다.

"혜인아, 괜찮아!"

하도 기가 막히니까, 너무 무서우니까 떨리지도 않았나? 모르겠다. 어떤 힘이 내 안에 들어서면서 냉정해졌다. 그 기분을 뭐라고 표현해야 할지 모르겠다.

이튿날부터 난 매일 '연기 나는 바퀴약'(이름을 모르겠다. 깡통같이 생겼고 심지가 달려 있었다)을 사다가 불을 붙여놓고 나왔다. 그집의 이쪽저쪽 외벽마다 '이 연기는 불난 게 아니라 바퀴 박멸하는 연기입니다'라고 써 붙여놓고는 몸을 피했던 생각이 난다. 종일 동생네 가 있다 돌아와 수북이 쌓인 바퀴벌레 사체를 쓰레받기로 쓸어 담아 버리곤 했다. '니가 죽나 내가 죽나 어디 한번 해보자.' '나도 갈 곳이 없거든?' 몇 날 며칠을 했던가. 어쨌든 애네들이 박멸된 건지 단체로 다른 곳으로 이사 간 건지, 그 집 전세 계약이 만료되고 이사 나올 때까지 바퀴벌레 없이 살았다.

그 뒤로 어쩌다 작은 바퀴벌레를 보게 된다 해도(그 후 그렇게 큰 바퀴벌레는 본 적이 없다. 독특한 외래종이었던 듯하다) 난 일격에 죽일 수 있게 되었다. 주로 빳빳한 무슨 서울 시청 같은 데서 나온 홍보 월간지 따위를 들고 이 친구가 도망갈 경우의 진행 방향까지 계산하여 완벽하게 탁! '깨끗하게 보내주마' 단번에 해치운 다음 내 손에서 멀리, 종이 끝부분에 올려놓고 변기로 가 물 내려 보내버린다.

비로소 난 살인병기殺人兵器 아니 살충병기殺蟲兵器가 된 것일까? 미물微物에서 인간人間으로 진화한 것일까.

그 후 잠자리를 잡으러 가본 적도 없고 아마 앞으로도 잠자리 잡으러 갈 일은 없겠지만, 못 잡는 것과 안 잡는 것은 다르지 않을까? 지금은 아마, 잡아야 한다면 잡을 수 있을 것 같다. 그저 잡고 싶지 않을 뿐이다.

그렇게 어떤 시절을 졸업해버렸는데도 라일락 피는 계절이 오면, 어쩌다 라일락 향기가 코끝을 스칠 때면 가끔 미칠 것 같다. 휘잉. 라일락 향기 나는 쪽으로 고개를 돌린다.

지금 사는 연희동 집 근처에도 라일락이 꽤 있다. 어린 혜인이와 손잡고 깊은 밤 라일락 핀 연희2동 주택가를 어슬렁거리며 향기를 흡입하면서 돌아다닌 적도 있다.

라일락 피는 계절이 오면 심장이 두근거린다.

실망스러운 밤, 몸과 맘이 아플 때면 라일락이 그리워진다.

내겐 당연한 이야기다.

얼굴

나에겐 '얼굴'이 없다. 아니 '얼굴의 어떤 핵심적인 부분'이 없다고 하면 맞는 말일까? '어떤 부분을 제쳐두었다'고 하면 맞는 표현일까? 아니, 보통 사람이 갖고 있는 수많은 표정 중 '흔한 몇 종류의 표정'이 내게 결여되어 있다고 하면 맞을 것 같다. 혹시 누군가 '그 대신 당신에겐 다른 사람이 갖지 못한 다른 표정이 있을 거예요'라고 위로한다면, 그럴지도 모른다고 해야겠지. 다만 난 내게 빠진 그 흔한 표정을 갖추고 싶다. 난 나의 '당연한 얼굴'을 되찾고 싶다. 어쩌면 그래서 이런 글을 쓰고 있는 것이리라. 실패하더라도 가능한 한 정직하게.

돌이켜보면 아득히 오래전부터 난 '예뻐선 안 되겠다'고 생각했던 것 같다. 생각? 글쎄. 이런 단어나 표현도 적절치 않다. 그런 내부로부터의 강렬한 리듬, 에너지원原 같은 것이 있었다. 이유나 기원을 추적하기도 쉽지 않고 복합적이지만, 엄마의 영향이 지대했으리라는 것은 분명하다. 언젠가도 말했듯, 내가 기억하는 엄마의 대표적 얼굴의 하나는 '치를 떠는' 표정이다. 나를 향해, 치를 떤다. 나를 바라보며 소름이 끼치는 듯 고개를 좌우로 부르르 떤다. 그리고 날 비웃고 저주하고 파괴하는 말들을 내뱉는다.

나는 엄마의 그 얼굴 앞에서 내 얼굴의 거죽만 남겨놓고 도망쳤을 것이다. 안드로메다든 어디든 좋아. 나만의 아득한 환상의 피난처로 날아갔을 것이다.

엄마는 자신의 그 표정을 알고 있었을까? 아마도 치를 떠는 자신의 모습은 절대 몰랐을 것이다. 다만 스스로 자꾸 어떤 광분 상태가 된다는 사실만큼은 고통스러웠을 것이다. 엄마가 보게 되는 것은 나(딸)의 얼굴이다. 그때 엄마가 맞닥뜨린 것은 나의 어떤 얼굴이었을까? 처음으로 상상해본다. 아마도 '너 따위엔 절대로 지지 않아' 하는 경멸의 표정이 아니었을까? 어떤 각도에서 보면 한없이 순종적인 딸이기도 했겠으나…….

어릴 적 내가 사람들로부터 가장 많이 들었던 말 중 하나가 '초연하다'였다. '어떻게 저럴 수가 있지?' 아무리 맞아도 초연한 표정이란다. 나는 '절대로 빌지 않는 아이'였다.

'고조 빌라우.' '어카간! 니가 엄마 이기간?' 내가 쫄쫄 굶으며 문밖에 무릎 꿇고 앉아 있을 때면 맞은편 집 살던 평안도 출신 도원 엄마(이 엄마만 거의 유일하게 나가 벌지 않고 '살림하는 주부'였다)가 눈물을 철철 흘리며 날 설득하고 엄마에게 내 대신 빌며 통사정하곤 했다. '이러다 애 죽가서' '기어이 경찰서 가간?'

나에겐 내가 '가엾은 피해자'였겠으나, 엄마에겐 내가 빳빳하고 교만이 하늘을 찌르는, 속수무책의 절망을 안겨주는 딸이었을 것도 같다.

———

염할 때 엄마의 얼굴을 기억한다.

그 전에 우리 중 누구도 엄마가 미인이라거나 늙었다는 생각은 하지 못했다. 엄마 주변에 있던 사람들 모두가 엄마를 '무서워하기' 바빴을 뿐이다. 엄마는 피하는 게 상책인 소문난 싸움쟁이였고, 기분이 좀 괜찮을 땐 아예 오버해서 상황을 우스꽝스럽게 희화화시켜버리는 주책스러운 코미디언(혜란 엄마랑 종종 '가가리 갈갈' 하며 웃겼다)처럼 굴었다. 아니면 섬뜩한 무당이었다고 해야 할까.

격투를 해도 지는 법이 없고(나 어릴 때 우리 동네 사람들은 실제로 몸싸움을 종종 했다. 한번은 덩치가 엄청난 다른 동네 아주머니가 자그마한 엄마에게 엉겼다가, 머리채가 잡히는가 싶더니…… 눈 깜짝할 사이 엄만 한쪽 발로 넘어진 그 아주머니의 목을 누르고 있고 그 아주머니는 두 손을 들어올려 싹싹 빌며 '한 번만 봐달라' 사정하는 장면이 거짓말처럼 펼쳐진 적도 있었다), 항복을 받아내고야 마는 여자 시라소니나 아마조네스였다 할까. 힘이 장사였고(힘이라고는 못 쓰는 날 보고, '어떻게 내 배 속에서 이런 애가 나왔나' 한탄했단다), 해결사였다.

그러나 난 엄마의 진짜 얼굴은 따로 있다고, 아직 드러나지 않은 것뿐이라고, 아, 너무나 긴긴 세월 저건 엄마의 본모습이 아니라고 여겼다. 나중에 심리치료를 받는 동안에도 소위 전문가라는 사람들은 이런 말을 '나의 환상'이라 하고, 나는 정말 일당백으로 외로운 주장, 저항을 지긋지긋하게 반복하지 않았던가.

그런데,
엄마를 염할 때, 그곳에
어떤, 콧날이 오똑한 美人이
누워 있었다.
조선백자 같은? 고귀한 가문의 노할머니 같은?
처음 뵙는 얼굴이 누워 계셨다.

아! 나는 이것 봐!

여기 좀 보세요, 여러분, 여러부운!

외치고 싶은 심정이었다.

저토록 고요한 것을.

저토록 아름다울 수 있는 것을.

왜 스스로 찢고 포달을 떨었던가.

(떠는가 우리는!)

"참 미인이지?"

나뿐만이 아니었다. 동생도, 오빠도, 미모라면 한 관심 하는 올케조차 눈이 휘둥그레졌다.

"조선시대나 어느 아득한 시대의 귀족 할머니 같지 않아?"

"그러게!"

'무서운' 엄마에게 대처하느라 급급해서, 엄마 주위의 모두는 엄마가 이제 '노인'이라는 것도 제대로 생각해주지 못했었다. 아니, 성질 급한 어머닌 돌아가시는 마지막 순간까지도 명령을 내리며 상황을 진두지휘했고, 숨이 넘어갈 때까지도 우리 모두는 엄마의 눈치를 보는 데 급급했다.

그런데 만 예순다섯, 암 투병으로 비쩍 마른, 염색도 못 해 온통 흰머리가 드러난, 더 이상 어떤 과장된 제스처도 할 수 없는 까닭에 미모가 그대로 드러난, 고전적인, 미인형 할머니가 거기 단아하게 누워 있었다.

난 그 모습을……

엄마에게 가장 보여주고 싶었다.

보세요, 엄마. 당신, 아름답잖아!

(내 말이 맞잖아.)

———

오래전 도원 엄마가 우리 엄마 처음 봤을 때의 충격을 얘기했던 대목도 떠오른다.

"내래 너 넘마 처음 봤을 때, 꽃같이 예쁜 여자가 새까만 연탄을 머리에 이고 눈빛도 초롱초롱하니 흔들림 없이 요래 착, 착, 걸어오는데…… 와아, 내 가슴이 철렁하니, 놀랐다 야."

'꽃같이 예쁜 여자가 새까만 연탄을 이고.' 그 표현이 하도 선명해 지금도 이따금 떠오른다.

꽃같이 예쁜 젊은 아낙이 머리에 까만 연탄을 이고 사뿐사뿐 걸어온다. 아직 생때같은 새끼 삼남매, 무능한 남편과 오빠, 남동생을 부양해야 하는 생존의 압박에 치여 자신이 장차 얼마만큼 괴수처럼 변해갈지 모르는 얼굴이다. 그저 한 가닥 불안을 머금고, 입술을 꼭 다문 채 행여라도 정신이 흐트러질세라 한곳만을 응시하는, 골몰해 있는 얼굴이다. 목을 꼿꼿이 세우고 있다.

나는 도원 엄마가 '꽃 같은' 하셨을 때의 그 얇은 꽃잎의 느낌, 연약하고 부드러운 생명의 온기를 가만히 호출해본다.

나를 밟아라

엄마가 암을 앓기 시작했을 때 엄마는 스스로 그 사실을 말이 안 된다고 여기는 것 같았다.

"이건 아니다. 내가 혜인이를 봐줘야지. 아무리 못해도 국민학교는 졸업시켜야지."

당시는 나의 질질 끌던 이혼 문제가 '법적으로' 정리된 직후였고, 엄마는 네 살 난 딸아이를 돌봐주고 계셨다. 그러나 갑자기 난입한 담낭암이라는 병의 증세는 가팔랐고, 단 두 달 만에 천하 여장군 같던 엄마를 알갱이 빠진 마른 옥수수 대처럼 만들어놓았다. 오빠는 중국에 가서 용한 한의사에게 치료를 받게 한다는 비상대책을 마련했다.

출국 직전 엄마는 나보다 아랫동네에, 좀더 넓은 집에 살던 동생네에 머물고 있었다. 맑고 투명한 가을날이었다. 평소와 다른 분위기가 전개될 조짐 따위는 전혀 없었다. 멀쩡한 대낮에 엄마와 나 단둘이 있게 되었는데 엄마가 결연한 어조로 불쑥 말했다.

"내가 널 평생 무서워했다."

'……?'

아니 이게 무슨 소리일까? 난 머릿속이 하얘지는 느낌이었다. 마른하늘에 천둥이 막 치는가? '아니 내가 평생 엄마를 무서워했지, 무슨 소리야!' 난 속으로 외쳤다. 길을 막고 물어봐, 엄마가 아프더니 뭘 잘못 드셨나. 엄마는 힘겹게 말을 이었다.

"니가 잘난 사람이다. 이걸 명심해라. 내가 지금 기운이 조금만 있었어도 빨가벗고 세상에 나가 마이크 잡고 돌아다니며 외친다. '우리 딸 조심하라'고. 내가 머리털 나고 여태까지 너처럼 대 센 사람 못 봤다. 캑캑."

"엄마, 힘들잖아. 그만 말해."

그러나 이런 식으로 '말하기'를 결코 좋아하지 않던 엄마는 작정한 듯 밭은기침을 하면서도 말을 계속했다. 누구를 예뻐하지 말라는 둥 누구를 꼭 이겨야 한다는 둥 가까운 인간관계에 대한 엉뚱하고 과격한 조언들. 그러다가 캑캑. 아니 이건 또 무슨 암호란 말인가. 참 낯설고 이상한 충고들이었다. '엄마는 왜 나의 사랑스러운 세계에 분란을 일으키는가. 누가 누굴 이겨야 한다니,

사람살이에 대해 꼭 저렇게 전투적인 용어로 말해야 하나'라며 나는 한심해했다. 유치하다 여겼다. 나는 그만하시라며 엄마를 눕혀드렸다. 그런데 엄마는 결정적으로 더 황당한 말을 했다.

"문음아, 나를 밟아라."

"응?"

"나를 밟으라고!"

나는 귀를 의심했다. 물리적으로 엄마를 폭행하라는 뜻이었다. 나는 울기 시작했다. 당시 나는 지금보다 훨씬 더 여리고 고울(?) 때였다. 하고많은 표현 중에 '밟으라'는 말을 하다니. 아니, 자기 딸한테 중환자인 엄마를 밟으라고 하다니. 이건 또 무슨 폭력적 언사란 말인가. 나는 황망해 죽겠는데 길게 누운 엄마는 집요하고도 간절하게, 시간이 없다는 듯 채근하며 날 바라보았다.

"빨리 날 밟아라. 그래야 니가 산다."

"엄마, 왜 그래. 흑흑. 나 잘 살 수 있어. 난 엄마랑 달라. 엄만 평생 육체노동을 해왔지만 난 정신노동을 하고…… 아무튼 행복하게 잘 살 테니까 걱정하지 말아요."

엄마가 다시 말했다.

"문음아, 꿈속에서라도 내가 나타나거든 눈 딱 감고 나를 밟아버려! 알겠니?"

그제야 내가 멈칫했다. 예전 같았으면 계속 말도 안 된다고 여

겄을 것이다. 그러나 그때 난 오랜 상담치료를 통해 다양한 학습을 접한 후였고, 나의 '교만의 죄'―도덕적 우월감 따위―에 대한 회개와 성찰의 경험도 있었고, 무엇보다 엄마의 태세가 너무나 간절했다. 그러나 나는 한 번도 엄마의 말에 정면으로 승복하거나 빈 적이 없는 별종 아닌가.

"생각해볼게."

"……"

엄마의 눈을 똑바로 보며 말했다.

"엄마, 정말로 잘 생각해볼게!"

엄마가 맥을 탁 놓았다. 평화로운 얼굴이었다. 무엇을 믿었던 것일까?

나는 '아, 내가 참 잘했구나' 했다. '싫어'하지 않아 다행이라고. '응'이라고 하지도 않았다고. '생각해보겠다'고 했으니 어떤 선택을 하든 나는 자유라고.

어처구니없는 해프닝은 이렇게 짧게 마무리되었다. 그러나 그 후 세월이 흐르면서 나는 유치하다 여겼던, 그날 엄마가 던졌던 화두인지 숙제인지 모를 것들이 하나둘 나의 현안으로 다가오는 것을 보았고 엄마의 말들이 큰 힌트가 되었다. 그리고 살다가 많이 힘들 때, 똑똑한 내가 찾아가 받았던 최상의 가족치료, 심리

치료의 도움과 지지가 아니라, 쪼다 같은 내가 이해하지도 못한 채 들었던 '니가 잘난 사람이다. 명심해라' 말 한마디에 대롱대롱 매달려 있는 나를 발견하곤 했다. 정말이다. '나를 밟아라'—엄마의 짧은 한두 마디는 수십 년에 걸친 저주의 에너지에 맞설 만큼 힘이 셌다.

그리고 아아 나의 오랜 악몽! 나는 어릴 때부터 수십 년간 악몽에 시달리는 사람이었고(잠자리에 들어가기 두려울 정도로. 그러니까 현실도 지옥, 잠 속으로 들어가도 지옥이니 딱 쥐도 새도 모르게 숨이 끊어지길 빌고 또 비는 상태), 꿈속에서도 엄마는 늘 '적의 편'이었다. 날 잘 아니 가장 우수하고 유능한 적. 독립군인 내가 '투명인간 요법'을 쓰며 도망다니면 엄마는 꼭 일본군 앞잡이가 되어 나를 찾아내고('아, 조기 있잖아. 저 벽에 붙은 그림에 삐져나온 머리카락, 쟤가 걔요!'), 내가 외국 어디 아름다운 야외 정원에서 어느 멋진 남자와 결혼식을 올리고 있으면 엄마가 어디선가 갑자기 가위를 들고 나타나 내 등 뒤로 길게 늘어진 멋진 웨딩드레스 자락을 좌아악 가르는 식이었는데, 딱 이날 이후 상황이 완전히 달라졌다. 엄마는 정말 단 한 번의 예외도 없이 날 도와주는 '내 편'으로 등장했다. 실은 이제 이미 악몽을 잘 꾸지 않고, 엄마가 꿈에 나오는 일도 거의 없지만 어쩌다 나올 때면 '멍때리는' 요정처럼 존재한다. 소파에 걸터앉아 태평하게 날 지켜보는 요정 할머니.

엄마가 '꿈속에서라도 나를 밟으라' 했기에 사실 나는 '그래. 다시 한번 나타나면 어디 한번 밟아보리라, 시도해보리라' 내심 공상을 하고 각오를 하기도 했는데(난 엄마가 당연히 계속 악역으로 나올 줄 알았다), 아예 그럴 필요가 없어져버린 것이다.

———

언젠가 심리학을 하는 선배에게 이 얘길 한 적이 있는데, 그분은 그냥 쿨하게 "어머니가 참 똑똑하신 분 같아요!" 했다.

그런가? 여전히, 나는 어떤 언어로 뭘 어떻게 평가하거나 규정해야 할지 잘 모르겠다.

다만 엄마의 저때 저 말이 없었다면, 나는 지금만큼 살아오지 못했을 것 같다.

4부

두부장수 아줌마

엄마의 대표 직업은 '두부장수'였다. 커다란 '다라이'에 뜨끈뜨끈한 두부를 받아다 이고, 동네 구석구석을 돌아다니며 팔았다. '함경도 아줌마'로 불렸다. 같은 장사를 하는 콤비였던 순둥이 혜란 엄마와는 캐릭터도 말투도 확연히 달랐다.

동생이 태어나자 엄마는 만 여섯 살 된 내게 아기를 맡겨놓고 돌아다니다가 중간에 들러 젖을 먹이고 다시 나가곤 했다. 기다란 소청 기저귀로 아기를 내 등에 단단히 고정시켜두었는데, 내 가슴에 X자 모양이 오게 한 다음 한 바퀴 돌려 허리에 다시 묶으면 아기가 절대로 흘러내리지 않았다. 나는 아기를 업은 채 방에 있거나, 나가서 아이들 노는 걸 지켜보곤 했다. 내 등엔 아기가 껌딱지처럼 붙어 있으니 나는(약하기도 했지만) 아이들과 줄넘기 돌리기, 고무줄이나 다방구 같은 놀이를 할 처지가 못 되었다. 할 수 있었던 게 공기놀이 정도? 대개는 구경을 하거나 심판을 봐주었던 것 같다. 만년 깍두기. 그러다가 "두부우~ 사세요~" 소리가 들리면 왈칵 반갑다. 허스키한 목소리가 들리면 혜란 엄마다. 패스. "딴—딴한 두부, 신앙촌 두부도 있어요~" 우렁차고 낭랑한 목소리가 들리면 우리 엄마! 엄마는 두부를 얼추 팔고 나면 그 다라이에 다시 간장(에그, 얼마나 무거웠을까), 비지 등등을 이고 돌아다니며 팔았다.

새벽같이 나갔다가 낮일을 끝내고 집에 들어와 저녁을 먹고 나면, 엄마는 다시 밤일—부업을 하러 나갔다. 엄마는 이제 '일수 아줌마'였다. 용문시장에서 장사하는 사람들, 그리고 원효로의 식당, 술집을 지나 용산역 근처의 사창가까지. 매일 발품 팔며 수금을 다녔다. 엄마는 숫자 계산에 능했다. 1부5리 어쩌고 하는 그 복잡한 이자 계산이 딱딱 되었다. 당시 사람들은 흔히 주판을 사용하곤 했는데, 주판이 없어도 마치 손끝에 달린 듯, '니, 산, 시, 고, 로쿠……' 하고 일본말로 숫자를 속삭이며(일제강점기에 국민학생 시절을 보내 일본어로 산수를 배운 엄마 또래 어른들의 흔한 모습이었다) 손가락 몇 개를 튕기면 답이 나왔다. (돌이켜보니 나도 어릴 땐 주산을 배웠다. 엄지로 주판알을 올리고, 검지와 중지로

윗자리의 주판알을 내리던 촉감, 계산하던 숫자들을 리셋시키던 그 리
듬감, 소리 따위가 어렴풋이 기억난다.)

　엄마한테 무슨 대단한 밑천이 있었을 리 없다. 돈 좀 있는 사
람에게 저리低利로 빌리고 그것보다 고리로 깐 다음, 발품 팔아
차액을 챙기는 거다. 부지런하고, 체력 좋고, 아니 무엇보다 악착
같고 '사람들이 무서워하는 캐릭터'였기에 가능한 일이었을 것이
다. 엄마에겐 여차하면 생선 좌판을 뒤집어엎거나 살림을 뽀갤
폭력성이 장착되어 있었다. 돈 없는 사람들이 목돈 쓸 일 있을
때 빚을 내게 되고, 다급한 사람은 '딸라(달러) 빚'이라도 쓰게 된
다. 엄마에게 돈을 빌려주는 사람들은 있는 돈을 놀리느니, 은행
이자보다 높게 엄마에게 대주어 '아무 일도 안 하고' 돈을 불리
니 좋았을 테고, 엄마 입장에서는 그렇게 해서 차액으로 '한 푼
이라도 더' 벌어야 했다. 어려운 사람들에게서 돈을 받으려면 장
사하느라 '현찰이 오가는 현장'에 가야 돈을 걷기 쉬우니, 매일
'그들 수중에 돈이 있을 만한 시간대'에 맞춰 수금을 다녔을 것이
다. 초저녁엔 찬거리를 파는 시장, 그다음 식당, 술집, 그다음
사창가 하는 식으로.
　엄마는 밖에 나가서 돈 버는 일과 집안 살림을 다 주재하고
감당했다. 엄마의 시다바리였던 나는 영 빠릿빠릿하지 못하고

'먼 산 쳐다보는' '중僧 팔자' 타입에 약해빠진 '비실이'였다. 스파르탄 같았던 엄마에게 난 애진작에 죽지도 않고, 쓸모라곤 없어 보이는 '실패작' 같은 애였을 것이다.

2층이었던 단칸방 우리 집엔 상수도도 하수구도 없었다. 먹을 물도 아래층 공동 수도에서 바케쓰나 초롱에 길어다가 쓰고, 버리는 물도 구정물 바케쓰에 모아 다시 계단을 내려가 수돗가 옆 하수구에 버려야 했다. 화장실도 공동변소가 각 층에 하나뿐이라, 집집마다 방 한쪽 구석에는 요강을 두어 밤엔 으레 거기에다 오줌을 누었고, 아침이면 가득 차 찰랑거리는 그 요강을 들고 아래층까지 내려가 버렸다. 다다미방. 특별한 난방시설이 없으니 방 한가운데 연탄 난로를 놓았고, '요담뿌'라는 뜨거운 물을 담은 통이나 뜨겁게 데운 돌에 수건을 감싸 껴안고 자기도 했다. 빨래는 물론 손으로 일일이 했고. 맞다, 그때까지도 엄마들은 방망이로 다듬이질도 했다. 이불도 철마다 뜯었다가는 싹 빨아 다시 꿰매어 썼다. 동네 어귀엔 솜틀집이 있어 솜을 다시 틀어서 넣었고……

그 많은 일을 어떻게 다 할 수 있었던 것일까? 지금은 아무리 생각해도 이해가 안 가고, 무슨 요술이었던 것만 같다.

엄마는 머리에 물건을 이는 '임질'을 유독 잘했다. 둥그런 또아리만 머리에 올리면 다라이든 물항아리든 척척 이었다.

언젠가 방송국 도서관에서 『뿌리 깊은 나무』 기획 단행본 시리즈 같은 데서 우리나라 방방곡곡의 사람살이 기록을 보게 되었는데, 함경도 원산 대목에서, '원산 여인들은 특히 임질에 능하다'는 대목을 보고 깜짝 놀랐던 기억이 난다. 왜였을까? 땅 기운?

그러고 보니 올케(집안이 다 서울 출신인)가 우리 집으로 시집온 지 얼마 안 되었을 때, 시어머니와 시장에 갔다가 수박도 사게 되었는데, 우리 엄마가 수건 하나를 둘둘 말아 머리에 대더니 그 위에 수박을 올리고는 '손으로 붙잡지도 않고' 태연히 걸어가는 모습을 보고 깜짝 놀랐단다. 하하. 엄마의 일상적인 행동이 서울 사람인 올케의 눈에는 '서커스의 한 장면'처럼 보였다는 것이다. '손으로 잡지도 않고. 손을 이렇게 따로……' 하던 올케의 휘둥그레지던 얼굴과 몸짓이 생각난다. 그런데 나로서는 그게 뭐 그렇게 이상한가. 겨우 수박 한 개 가지고, 싶었던 것.

그런 임질을 찍어두었으면 좋았을걸. 아쉽다. 지금도 생생하게 기억난다. 아기 젖도 먹이고 요기도 하고 좀 쉬고 나서는 다시 또아리를 머리 위에 올리고 그 위에 커다란 다라이를(사람들 몇이 도와서 함께 올려주곤 했다) 올리고는 '끙' 소리를 내며 일어서던 모습. 그러고는 "비지~ 있어요. 고소한 비지! 간장~도 있어요" 하며 사라져가던 엄마. 엄마 목소리.

엄마는 '난 뼈로 살았다'라고 말하곤 했는데 사실이다. 척추와 목에도 엄청 부담이 되었을 것이다. 게다가 정말 하루 종일 걸어 다녔다.

엄만 스스로를 '반 무당半巫堂'이라 했고, 사람들은 자신이 세 보여서 천년만년 살 줄 알지만 실은 단명短命할 팔자라고 했는데 이 말도 맞았다. (나보고는 '너같이 비실비실한 애가 오래 산다' 했는 데 두고 볼 일이다.)

엄마는 뭘 하든 솜씨가 좋은 편이었다. 음식도 맛있게 했고, 필체도 아주 좋았으며, 바느질이나 뜨개질도 잘했다. 자부심도 있었다. 멸치와 감자를 넣은 수제비며 칼국수, 장독에 담겨 있던 시원한 김치, 무 조각을 꺼내 쓱쓱 썰어 먹던 일, 겨울이면 잔뜩 만들어 바깥에 꽁꽁 얼려두었다 꺼내어 삶아 먹던 커다란 만두! 가자미식해, 양배추 많이 들어간 쇠고기 스키야키…… 이런 맛 은 사라진 지 오래다. 특히 옛날에 연탄불에 구워 먹던 꽁치 맛 같은 것은 요즘 아무리 비싼 식당에 가도 다시 보기 힘들다.

엄마가 유일하게 못 하는 건 노래였는데 이게 엄마의 콤플렉 스라면 콤플렉스였다. 어렸을 때 음치라고 놀림을 받은 후 꼼짝

없이 음치가 되었노라 했다. 실제로 노래를 시작하면 '어떻게 저런 음을 낼 수 있지?' 싶은, 도저히 흉내 낼 수 없는 오묘한 음을 내곤 했는데, 그런 순간에 또 스스로를 잘 알아서 멈추고 무안한 웃음을 짓곤 했다. 처녀 때 이북서 교사 자격시험을 볼 땐 '음치인 걸 캄프라치'하기 위해 잠시 피아노를 배웠고, 죽기 살기로 연습해서 피아노를 치며 동요를 불러 어찌어찌 합격했노라 했다.

그런 엄마가 언제 어디서든 써먹을 수 있는 노래 18번을 갖고 싶어했고, 나와 무진장 연습을 해서 엄마는 드디어 노래 한 곡을 '음치 티 나지 않게' 부를 수 있게 되었다. 엄마가 좋아했던 그 노래는 지금 생각해보니 엄마와 별로 어울리지 않을 법한 〈무정한 밤배〉라는 곡이었다. 동네 혜란네 아버지가 술 마시고 기분 날 때 "신고산이 우르르르 화물차 떠나는 소리에……" 하고 뽑았다면, 엄마는 모처럼 노래하는 기분을 낼 때면 〈무정한 밤배〉를 불렀다. 엄마답지 않게 과장되게 처량 맞게, 영탄조로 불렀다. 아마 수백 번은 들었을 것이다. 날이 몹시 흐리다 비가 오거나 눈이 심하게 쏟아져 '공치는 날'이면 들려왔다.

여자의 운명은 사랑이기에
이 생명 다하도록 맹세했건만
무정한 밤 배는 내 님을 싣~고

허무한 내 마음을 울려만 주네.

울리는 마음도 아프겠지만
울고 있는 가슴도 쓰리답니다.
눈물의 밤 배는 내 님을 싣~고
다시는 못 올 길을 떠~나가~네.

다시는 못 올 길을 떠~나가~네.

엄마 목소리

엄마는 목소리가 컸다. 허스키 보이스였던 혜란이네 엄마와 달리 쩌렁쩌렁하게 공명하는 소리였다. 사람들에겐 "두부우 사세요, 딴딴한 두부우 있어요" 외치며 돌아다닐 때의 목소리가 알려졌을 테지만 엄마의 목소리가 타의 추종을 불허할 만큼 대단한 순간은 따로 있었으니, 바로 제 자식 찾느라 이름을 부를 때였다.

어둑해질 무렵 집에 자식이 없으면, 엄마는 공동주택 2층에서 가장 바깥쪽을 향해 있던 도원이네 집 베란다로 나와 얼굴을 내밀고 소리를 지른다.

"문수야~~~~~~!"

"문음아~~~~~~!"

그 소리는 정말 동네 구석구석까지 들렸다. 가까이 있는, 종종 문밖으로 물을 끼얹는 못된 아저씨가 주인이었던 이발소 앞 골목은 물론, 저 멀리 '세멘당'이라 불리던, 우리 건물에선 보이지도 않는 언덕 위의 공터까지 들렸다. (세멘당? 세민당? 무슨 뜻이었는지는 알 수 없다. 우리 공동주택 맞은편 언덕 꼭대기, 가파른 흙 둔덕이 무너지는 걸 막기 위해서인 듯 쇠 박스 같은 것 여러 개가 방파제처럼 박혀 있고, 그 아래로는 공터가 있었는데, 그 언저리를 사람들은 세멘당이라 불렀다. '무궁화 꽃이 피었습니다' '우리 집에 왜 왔니' '술래잡기' '다방구' '핀 먹기', 남자애들의 '자치기'나 '말타기' 놀이 등이 그곳에서 펼쳐졌다.) 날 저물 무렵 대부분의 부모는 집을 걸어 나와 아이들이 놀 만한 곳을 돌아다니며 제 아이를 찾는데, 우리 엄마는 달랐다. 그냥 제 집 높은 곳에 올라가 소리를 질렀다. 종소리도 아닌데, 오빠와 나는 동네 어느 구석에 있든 그 목소리를 들을 수 있었다. 들으면 꼭 바로 대답을 했다. 젖 먹던 힘까지 짜내서. "네~~~~~~~!" 사람들은 '아, 또' 하며 귀를 막았던 것 같다. 엄마 역시 우리의 대답을 들을 수 있었을 것이다. 우린 대답과 동시에 놀던 행동을 멈추고 전속력으로 집을 향해 달려가곤 했다.

이 일이 얼마나 인상적이었던지, 과거의 일이라고는 거의 기억하지 못하는 오빠까지도 명절이면 가끔, "엄마가 '문수야~~' 부르면 저~~ 세멘당 꼭대기에서 놀다가도 있는 힘을 다해 '네~!' 대답하곤 했었지" 한다.

엄마는 무법자였던 것 같다. 도원이네는 우리보다 훨씬 많은 식구가 우리와 같은 단칸방에 살고 있었는데도, 엄마는 자신의 필요에 따라 그 집을 아무렇지 않게 드나들었다. 방 한가운데 둥그런 상을 놓고 그 많은 식구가 둘러앉아 밥을 먹고 있어도 엄마는 뭔 노크나 양해를 구하는 말 한마디 없이 그 집 문을 벌컥 열고 방을 가로질러 베란다로 나갔고, 바깥을 향해 자기 원하는 일을 했다. 미안하다 고맙다 이런 유의 말은 엄마의 사전엔 없었다. 엄마가 필요로 하는 공간은 그냥 다 자기 공간이었던가. 아무도 엄마를 제지하지 않았다. 토를 달지도 못했다.

〈쿵푸 허슬〉이라는 중국 영화에는 '사자후獅子吼'라는 무공武功이 나온다. 나 어릴 때 살던 곳과 어딘가 흡사한 구조의 공간도 등장한다. 여러 가구가 빙 둘러 있고, 가운데 마당 같은 공간이 있는 허름한 공동주택에 실은 무림고수 부부가 숨어 살고 있는데, 머리는 '구르프'로 말고 담배를 물고 있는, 억척스럽고 서민적인 행색의 부인-아줌마가 이 무공의 주인공이다. 단전의 진기를 끌어올려 음성으로 내보내는 사자후는 워낙 살상력이 크기에 함부로 사용하지 않는데…… 진짜 무시무시한 악당이 출현하자 이 부부가 합심하여 목소리 신공을 발사하게 되는 것이다. 그 광경이 하도 엉뚱하고 황당해서 웃다가, 얼핏 엄마가 떠올랐더랬다.

인터넷으로 '사자후'를 검색하다가 '무예백과'라는 곳에 들어가니, 사자후 외에 '천리회성술千里回聲術'이라는 명칭도 나온다.

"강호의 고수라면 익혀야 하는 기술 중에는 천리회성술도 있다. 사자후와 달리 살상력은 없지만, 산 전체에 골고루 음성을 뿌리기에 흩어진 동료나 수하들에게 명령을 하달할 때 사용하는 무공이다. 육합전성六合傳聲, 사방회성四方回聲이라 불리는 음공은 동시에 모든 방위에서 같은 크기로 음성이 들리게 하는 술법이다."

하하. 그렇다면 엄마는 자기도 모르게 '천리회성술'을 터득하고 있었던 것일까.

사람들이 엄마 목소리를 좋아했던 것 같지는 않다. 내용이 더 문제였겠지. 아무튼 어떤 아이가 울고 보채면, "너 계속 울면 문수네 아줌마 온다" 했고, 그 소리에 아이들은 울음을 뚝 그치곤 했다.

우리 공동주택은 다다미로 돼 있을 뿐이어서 겨울이면 집집마다 연탄난로를 놓았다. 각자의 방문 앞에 좁다란 나무판자 따위를 놓고 연탄을 쌓아놓곤 했는데, 이 연탄이 한두 개씩 없어지는 일이 잦아 이웃 간에 종종 다툼이 일었다. 틀림없이 너네가 가져갔다는 둥, 니가 봤냐는 둥, 생사람 잡지 말라는 둥…… 하지만 우리 집 연탄은 절대 없어지지 않았다. 우리 집에 연탄을 들여놓는 날이면 엄마는 원형으로 되어 있는 복도를 여러 바퀴 돌며 그 큰 목소리로 외쳤다.

"누구든지 우리 집 연탄을 집어가는 연놈은 손모가지를 댕강 잘라서 기름에 달달 튀겨 먹고……"

뒷부분은 아쉽게도 잘 기억나지 않는다. '아, 또!' 하며 짜증을 삼키는 소리, 헛기침하는 소리가 이 집 저 집에서 들려왔다. 하지만 방문을 열고 정식으로 항의하는 이는 없었다. 우리 집 연탄이 한 개라도 없어진다는 것은 상상조차 할 수 없었음은 물론이다.

기합이 팍 들어가 있는, 온 동네를 울리던 엄마 목소리—이런 유의 사람 목소리를 들을 일이 내 생애에 다시는 없겠지.

엄마의 눈물

나는 엄마의 눈물을 평생 딱 한 번 봤다.

초등학교 6학년, 청소당번이었는지 무슨 사정이 생겨 평소보다 늦게 귀가하던 날이었다. 나는 느릿느릿 두리번두리번 세상 구경 다 하며 걸어오길 좋아하는 아이였지만 이때는 혼날까봐 종종걸음으로 서두르고 있었다. 기찻길을 지나고 사창고개라 불리는 길을 50보쯤 걷다가 커브를 틀 때 특히 조심해야 한다. 오른쪽 코너에 있는 알록달록한 창문이 내 허리를 강하게 끌어당길 것이기 때문이다. 엄희자의 '카치아', 이근철의 '카르타고'……더구나 이 만홧가게의 새 주인인 청년 형제 중 잘생긴 동생은 나에게 '너만은 언제든지 와서 공짜로 만화를 봐도 좋다'는, 믿을 수 없는 선언을 한 터였다. 나는 시선을 정면으로 고정시키고, 전속력으로 달린다. 아예 길바닥에 나와 있던 만홧가게 청년이 뭐라 뭐라 부르는 소리가 뒤통수 쪽에서 흩어진다.

검은 가죽점퍼 차림의 아버지가 막 집을 나서다 내게 "엄마한테 잘해드려라" 하고 간다. 어색한 말, 어색한 목소리다. 왜지? 불길한 의문 부호가 지나간다. 나의 아버지는 늘 '있으나 마나' 한 사람이다. 뭘 요구하거나 하는, 의미망 레이더에 걸려지는 말을 하는 존재가 못 된다. 바로 그런 점 때문에 동네 사람들 거개가 아버지를 좋아했는지도 모른다. 그리스 조각 같은 미남에 꿈꾸는 눈동자, 천상의 목소리, 하모니카 솜씨, 고운 말씨, 법 없이도 살 사람, 희소한 영어 실력…… 뭐 이런 찬탄의 대상이었던가. 그러나 엄마는 이 모든 요소를 끌어모아 그냥 딱 한마디로 '식충食蟲'이라고 했다.

어둑하다. 나는 눈目만 남기고 방 안을 살핀다. 브이넥 실내용 스웨터 차림의 엄마가 고개를 푹 숙인 채 웅크린 자세로 앉아 있다. 앞에는 주간신문이 놓여 있다. '염색하시나?' 엄마는 일찍 머리가 세어 종종 신문지를 펼쳐놓고 손거울을 놓은 채 불편한 자세로 까맣게 이긴 염색약을 낡은 칫솔에 묻혀 힘겹게 머리에 바르곤 했는데, 오늘은 아니다. 사위가 지나치게 단정하다. 엄마는 미동도 하지 않는다. 뭐지? 다시 물음표다. '주무시나?' 갑자기 후

드득, 소리가 들린다. 비가 오는 것인가? 하여 나는 급히 창 쪽을 살핀다. 아니다. 주간지 표지 위로 물방울이 후드득 떨어진다. 김추자네. 빗방울은 거꾸로 보이는 표지 속 여가수의 풍만한 가슴 위로 떨어지고 있다.

'눈물이다!'

나는 심장이 철렁 내려앉는다. 믿을 수 없는 상황이 눈앞에 펼쳐져 있다. 엄마는 늘 우는 사람들을 경멸했다. "연속극 보며 앵앵 울면 쌀이 나온다니 밥이 나온다니." "에라이 한심한 족속들!"

내게 화를 낼 때도 엄마의 화가 배가倍加되는 지점에 내가 운다는 이유가 있곤 했다. "철썩! 에미 죽었냐고! 재수 없게 쌍!" 나는 맞으니 아파서 울고 그런 신세가 서러워서 울게 되는데, 운다고 더 맞고, 더 맞으니 더 아프고, 더 아프니 더 서럽고 그러니 더 울고…… 이것이 대략 이 집의 주제곡 같은 것이었는데 말이다.

엄마가 울다니. '우린 이제 어떻게 사나!' 나의 우주가 기우뚱한다. 눈물은 도저히 봐주거나 지닐 수 없는 엄마의 적適이요 원수인데, 이렇게 찬탈을 당했으니. 망했구나, 멸문지환滅門之患! 나는 사극에 나오는, 하루아침에 삼족이 멸해지는 위기를 맞은 주인공의 심정이 된다.

눈물방울이 계속 떨어지고, 지진이라도 난 듯 표지가 흔들거리고, 김추자의 얼굴과 가슴이 우글쭈글해진다. 나의 발밑도 흔들린다. 나는 사람이 우는 것을 많이 봤지만, 저렇게 하늘에서 비가 오듯 내려꽂히는 형세는 본 일이 없다. 나는 문득 어떻게 물리적으로 저런 낙하가 가능한지, 그것이 궁금해진다. 대개 눈물은 손으로 훔치거나 아니면 볼을 타고 흘러내려 턱 아래로 조금 떨어지거나 목을 타고 내려가지 않던가.

일순간 낙루가 멈춘다.

나는 어느새 무릎을 꿇고 앉아 소리 죽여 따라 울고 있다. 엄마와 달리 내 눈물은 양 볼을 타고 하염없이 흘러내려 상의의 목덜미 부분을 다 적시고 있다.

엄마가 벌떡 일어난다. 그제야 어둑해진 방 안에 함께 있던 나를 발견한 듯 흠칫하지만, 늘 그렇듯 곧 나를 노려보며 '흥!' 코웃음을 치고는 밖으로 나간다. '아, 다행이다!' 엄마의 흉포스러운 태도를 접하자 다시 안도감이 밀려온다. 나는 김추자에 바짝 다가선다.

표지가 뭉개진 주간신문 안에는 '대학 입시 합격자 명단'이라며 깨알 같은 글씨가 들어 있고, 나의 오빠이자 엄마의 외아들의 이름은 어디에도 없다.

———

'대학 입학이 그렇게까지 큰일이었단 말야? 천하의 엄마가 소나기 눈물을 쏟을 만큼?' 세월이 흐른 후 나는 의아해하기도 했는데, 어쩌면 우리가 모르는 사정을 지고 버티고 있었던 것 같기도 하다. 얼마 후 엄마는 커다란 트렁크를 쌌고, 나는 작은 외삼촌 댁, 동생은 큰 외삼촌 댁으로 보내졌다. 우리 가족은 뿔뿔이 흩어지게 되었다. 다시 돌이켜봐도 엄마는 정말 뭘 '말ㄹ로' 설명하는 사람이 아니다. 여러 달 후에 엄마는 우이동 산골짜기, 남의 별장 옆 닭장을 개조한 판잣집에 막내를 찾아와 살았고, 어떻게 소문을 들었는지 작은 외숙모가 나를 데려갔고, 엄마는 가정교사로 입주해 있던 오빠도 '재수 뒷바라지'한다며 불러와, 아버지만 빠진 네 가족이 다시 모여 살게 되었다.

어린 시절, 나는 엄마를 이해한다고 생각했다. 그 고통의 부피는 감히 가늠하지 못하겠지만 엄마의 외로움을 이해한다고. 세상에서 가장 외로운 여인인 엄마. 나라도 엄마 편이 되어 영원히 사랑하겠노라고 다짐했다. 하지만 나중에 생각해보니 이해는 개뿔. 나 역시 착한 척이나 했지 엄마 홀로 격투대마왕이 되어 세상과의 전쟁을 치르게 하는 공범이었을 뿐이다.

그날 어스름 저녁, 고개 숙이고 웅크리고 있던 엄마가 어떤 경제적·물리적 위협에 처해 있었는지 그 속사정은 영원히 알 수 없다.

5부

성찬식聖餐式

비행기 일등석에 타본 경험이 있으신가? 나는 꼭 한 번 있다. 엄마 병 고친다고 중국까지 갔다가 실패하고 돌아오던 길이었다. 베이징에서 영화의 한 장면처럼 랑데부했던 오빠는 대기업 간부였으므로 부하 직원들이 일사분란하게 움직였고, 비행기 승무원들도 수려하고 상냥하기 그지없었으므로 온통 칙칙했던 연변에서 막 나온 나는 촌닭처럼 어리둥절한 상태였다. 반짝반짝한 휠체어에 태워진 엄마를 쫓아 비행기에 타고 보니 소문으로만 듣던 일등석이었다. 엄마는 짐짓 하나도 신기하지 않다는 표정을 지었다. 익숙한 진행이다. 이런 건 가식이라기보다 주변 사람들에 대한 배려이기도 한데, 설명하긴 좀 어렵다(아마 공감하는 이들이 꽤 있을 것이다). 어쨌든 널찍한 좌석에 앉자 무사히 모국으로 돌아가게 되었다는 안도감이 몰려왔다.

식사 시간이 되었다. 스튜어디스가 메뉴판을 갖다주었다. 내가 엄마에게 속삭였다.

"엄마, 여긴 주문을 받나봐. 레스토랑처럼."

"……"

"엄마, 내가 종류를 불러줄게. 드시고 싶은 거 마음껏 골라보세요."

어머닌 점잖게, 맛있어 뵈는 음식 몇 가지를 골랐고, 내가 정성껏 주문을 했다. 향기로운 기분으로 잠시 있자, 음식이 나왔다. 그러나 엄마는 내 귀에 대고 조용히, 단호하게 속삭였다.

"난 아무래도 안 되겠다. 니가 먹어라."

"……"

나는 멈칫했다. 목이 메어 아파왔다. 베이징에 머물던 어제만 해도, 그곳에 사는 내 친구 정혜가 만들어 온 부드러운 죽 종류는 잘 드셨는데. 도저히 삼켜지지 않을 것 같으신가? 가늠이 잘 되질 않았다. 어쩐다? 나 역시 한 술도 먹지 못할 것 같은 기분이지만, 망설임 끝에 아주 맛나게 먹어야겠다고 결심했다. 그래, 세상에서 가장 고귀한 공주처럼 먹어주자. 엄마한테 이 음식이 이 기회가 얼마나 아깝겠는가. 나는 마음을 가다듬고, 마치 오래전부터 그래왔던 듯, 엄마와 내 앞의 음식들을 칼질도 해가며 천천히, 맛나게 먹기 시작했다. 엄마는 그런 나를, 홀린 듯한 눈빛으로 행복하게 바라보았다. 세상에서 가장 자애롭고 뜨거운 눈길이었다.

나는 한입 먹을 때마다 입을 천천히 오물거리며 엄마에게 그 맛과 감촉과 향기를 얘기해주었다.

"아, 맛있다."

엄마가 말하며 웃었다.

정말 맛있기도 했다.

"엄마, 이 누들은 약간 새콤달콤한 간장 맛이 나."

"응, 맛있다."

"이 샐러드는 약간 쌉쌀한데, 그게 매력인가봐.(='엄마 걱정 마. 나 열심히 살게.')"

"응, 신기한 맛이네."

"이 수프엔 땅콩이 들어갔나봐요.(='엄마 걱정 마. 나 혜인이 잘 키우고 행복하게 살게. 엄마 힘든 인생 헛된 게 되지 않게.')"

"고소하라고 땅콩을 넣은 거지."

말갛고 즐거운 표정이었다. 충만한 시간. 심지어 엄마가 "아휴 배부르네" 했다.

싹 비우고 마지막에 오렌지가 나왔다. 스튜어디스가 썰어주었던가, 내가 썰었던가? 예쁜 도마와 칼이 나왔던 게 기억난다. 내가 역시나 우아하고도 맛있게 먹고 있는데 엄마가, 오렌지는 혹시 먹을 수 있을지 모르겠다며 한 조각 드셔보겠다고 했다. 내가 건네니, 정말 맛있다며 그 즙을 쪽쪽 빨아 잘 넘기시는 게 아닌가. 아, 그 달고 시원한 맛이라니!

식사 시간이 지나고 승무원들도 정리를 마친 얼마 후 엄마가 내 귀에 대고 나지막이 말했다.

"혹시, 오렌지를 좀더 달라고 하면 주책일까?"

"아니, 전혀! 엄마, 오렌지 더 드셔볼래요?"

내가 반색을 하며 스튜어디스에게 가서 오렌지를 더 줄 수 있느냐 청하자, 그녀는 아예 소담스러운 오렌지 바구니와, 예쁜 도마와 과도를 갖다주었다. 내가 오렌지를 한입 분량씩 잘라드리자, 어머닌 정말 황홀해하며, 눈을 감고 음미하며, '정말 맛있구나' '아 시원하다'를 연발하면서 그 오렌지를 쪽쪽 빨아 드셨다. 아, 고마운 오렌지! 예쁜 오렌지! 귀여운 오렌지! 대견한 오렌지! 어머닌 오렌지를 실컷 드셨다. 그것이, 이승에서 어머니의 마지막 식사였다. 서울에 착륙한 뒤 어머닌 물 한 방울도 삼키질 못하셨고, 사흘 후에 돌아가셨다.

그 열띠었던 엄마와의 최후의 만찬은, 그 행복하고 가차 없던 시간은, 마치 이 지상의 것이 아닌 듯한, 뭐랄까 성소聖所에 잘못 들어간 광대들이 신들의 음식을 맛본 듯한 독특한 장면으로 남아 있다.

———

엄마 돌아가신 후 얼마 되지 않았을 때, 여러 친척과 성묘를 한 후 제법 분위기 있는 식당엘 가게 되었다. 방갈로 같은, 운치 있는 별채로 들어서려다가, 동생과 내게 동시에 엄마 생각이 떠올랐다.

"아, 엄마 생각난다."

"응!"

누가 먼저랄 것 없이 우린 엄마의 행동과 표정을 흉내 냈다.

"이렇게……"

"응. 하하. 놀라운데 놀랍지 않은 척하는 표정!"

지금은 세월이 흘러 희미해졌는데, 그땐 동생과 내가 엄마의 특징을 생생하게 흉내 낼 수 있었다. 좀 화려한 장소(고급 식당이나 호텔 같은)에 들어설 때면 멈칫, 휘둥그레 두리번거리지 않으려는, 신기해하지 않는 척하는, 익숙하다는 듯이 목을 가누고 눈길을 살짝 내렸다 뜨며 태연한 척하는 특유의 태도…….

동생과 나는 웃다가 잠시 울먹였다. 이런 것은 여자끼리만 알 수 있는 것일까? 만신창이가 되어버린 삶을 움켜잡고, 엄마는 자존심을 지키기 위해 얼마나 안간힘을 썼던가.

추석 성묘 가는 날이면 친가 쪽 후손들이 모여 기독교 공원묘지 이쪽저쪽을 돌며 간단히 예배를 보고 근처 식당에서 식사와 담소를 나누고 헤어진다. 그러고 보니 우리 삼남매는 부모님 묘소에 '꽃'을 사간 적은 없는 것 같다. '쓰잘 데기 없는 곳에 돈 쓴다'고 엄마가 싫어할 게 뻔해서일까.

삼키다

'엄마!'

'엄마가 이 세상에 안 계시다니!'

믿을 수 없지만 사실이었다.

엄마답다, 정말. 엄마는 발병 석 달 만에 돌아가셨다. 아싸리하게.

(암만 그래도 1~2년은 아프실 줄 알았던 우리 가족—오빠, 나, 동생, 며느리, 사위—은 모여서 막 회의를 했었다. 장기 계획도 세우고 단기-간호 당번 순서를 짜고. 지금 생각하면 생쇼를 했다. 아니 각오를 다지고 막 힘을 주는데 사람 무안하게 사흘 만에 싹 가시나. 무정하기가, 쿨하기가 참 엄마답지 않은가. 아 뭔 시간이라도 좀 줘야지……)

장례를 전후한 모든 절차가 지나간 후 나는 이대로 살아가기 힘들겠다 싶었다.

"한 달쯤 어디 다녀와야겠어."

"웅, 잘 풀고 오도록 해. 충분히 있다 와. 일 시작하면 언제 또 그러겠어."

딸애를 한 달 동안 맡아주기로 한 동생도, 다른 가족들, 다섯 살배기 아이까지도 이런 나를 당연시하는 분위기였다.

"혜인아, 할머니 돌아가셔서 엄마가 여기—가슴이 많이 아파. 그러니까 먼 데 산속에 가서 잘 치료한 다음에 꼭 돌아올게."

동생과 내가 스테레오로 공지를 했다. 딸애가 주로 놀고 있게 될 동생네 문간방에 내가 달력을 만들어 벽에 붙여주며 말했다.

"하룻밤 잘 때마다 여기에 빨간 동그라미를 그리는 거야. 그럼 여기가 꽉 차기 전에 엄마가 돌아올게."

딸아이가 달력을 한참 쳐다보다가 무슨 말을 했는지는 기억나지 않지만, 얘도 알아들었다는 듯 받아들였던 건 확실하다. 혜인인 훗날까지 그때 일을 기억했다. 내게 안겨 눈썰매 타는 사진을 달력 위에 붙여놓았던 것, 내가 없는 동안 이모네 집에서 있었던 에피소드들까지.

나는 방송 일 관계로 알게 된 작은 출판사(그린비. 나중에 큰 출판사로 성장했다) 사장님 지인의 소개로, 지리산에 있는 '벽송사'라는 천 년 고찰古刹에 가 있기로 했다.

'죽으면 죽으리라' 이런 말이 있던가? '보내면 보내리라' 뭐, 그런 심정이었을 것이다. 상담 전문가들은 한결같이 내가 엄마를 미워해야 한다 했고, 난 웃어왔다. 그러나 이제, 보내야 한다면 정말 보내리라, 결심했다.

강남 고속버스 터미널. 나는 한 달 동안 읽겠다며 여러 권의 책을 쑤셔넣어 묵직해진 트렁크를 들고 남원행 버스를 탔다. 눈이, 하얀 눈이 이상하리만큼 퍼붓기 시작했다. 맨 뒷좌석으로 가서 털썩, 앉자마자 수도꼭지 틀어놓은 것처럼 눈물이 쏟아지기 시작했다.

'엄마!'

장례 치르는 동안 나는 조문객을 맞으며 대체로 사람들을 웃겼다고 한다. 훗날 그때 모습을 이야기하는 지인들이 있다. 하얀 소복을 입은 채 개그우먼처럼 우스갯소리를 하던 내 모습이 잊히지 않더란다. 사실 당시 큐 채널 창립 다큐멘터리를 만들었던 제일기획 팀원들과 영안실 식당에서 흐드러지게 웃었던 기억이 나고, 후배 예원과 그의 남편이 나의 연변 말씨 흉내에 뒤집어졌던 것도 같다.

"언니가 사람 웃기는데 미치겠더라고. 처음엔 이렇게 웃어도 되는 건가 싶다가 나중엔 그냥 체면을 놔버렸지. 하하. 남편이 왜 그동안 언니를 소개 안 시켰냐고 해. 너무 재밌다고."

"응, 좋았어. 우리 엄마 우는 거 싫어해."

그런데 핑크색 오이릴리 꽃무늬 스웨터를 입고 낯선 버스에 오른 난, 천 년 고찰은커녕 버스가 출발하기도 전에, 버스 뒷좌석으로 채 가기도 전에 다리가 꺾였다.

'엄마!'

사람들은 웬 실연한 여잔가보다 했을까? 한 치 앞도 볼 수 없을 정도로 폭설이 몰아쳤고, 버스는 엉금엉금 기고 있었다.

엄마.

버리면 버리리라.

중국 가시기 전, 엄마의 표정도 떠올랐다.

밟으면 밟으리라.

그게 정말 길이라면. 그래서 내가 행복해질 수 있다면.

(나는 엄마의 영정 앞에서 행복해지겠다고 약속했다.)

엄마를 짓밟아주리라.

짓밟아 버려주리라.

엄마.

난 창밖의 눈보라를 바라보며 엄마를 청했다.

엄마. 김은덕金銀德 여사님. 전주 김씨. 여성 무사님, 어디 내게
와보시지요.

......

미워할 수 있나?

나는 그럴 수가 없다.

미쳤나?

누가 미쳤나?

미워하라고 하는 당신들의 알량함이 싫다.

내 엄마의 과부하를 알겠는가?

광증과 싸워가며

너무나 외롭게

자기 과업을 감당해야 했던

운명을 모르겠는가?

굳이 그럴 필요가 없었다고,

다 자청한 거라고?

나도 안다!

말하긴 쉽다.

그러나 生이란,

우리가

태어나겠다고

맘먹고 태어난 게 아니듯이,

그렇게 쉽게

판단될 수 있는 게 아니다.

내 엄마가 행복했다면,

'자신의 안위'를 위해 자기 노력을 기울일 수 있었다면,

좀더 요령이 있었다면

편안했다면

다른 인생을 꿈꿔볼 기회가 있었다면

엄마를 미워할 수 있었을지 모르겠다……

그렇다면 놓아라.

미워할 순 없어도 놓을 순 있지.

놓아버리리.

놓자.

그런데 정말 저기 펄펄 눈보라 속에서 엄마가 왔다.

엄마……

난 뭐든지 할 수 있었다.
정말 뭐든지.

죽일 수도, 밟을 수도, 날려보낼 수도.

……!

눈보라 속에서 날아오던 엄마가
점점 작아지기 시작했다.

'엄마, 이리 와!'

순식간이었다.
엄마는 아주 작은 아기가 되었고,
나는 나의 전부로
엄마를 껴안았다.

나는 엄마를 삼켜버렸다.

정말이다.

(아, 이것을 어떻게 설명할 수 있을까?)

눈발이 멈추고

지극한 평화가 찾아왔다.

……

버스가 남원에 도착하기도 전에 상황 끝. 해결되었으므로 실은 산에 올라갈 필요가 없어져버렸다. 어쩐다? 벽송사에 이미 연락을 해두었으므로 그냥 올라가 산사山寺 체험도 하고, 책도 좀 읽으며 지내다 돌아오기로 했다.

로망(?)과는 달리 소개받았던 주지 스님은 조폭 출신인가 싶을 만큼 엄청 덩치 좋은 '수완꾼' 캐릭터였다. 그래도 절 살림 잘하고 당시 동안거冬安居 중이던 학승學僧들을 잘 섬기는 듯한 부분은 맘에 들었다. 나는 엉뚱하게 당시 절에서 한창 무슨 작업 중이던 석공石工 할아버지와 친해져 백팔배百八拜도 이분께 배웠다.

주지 스님은 방송 프로그램에 대해 자꾸 나와 토론을 하고 싶어하시고, 주방 아줌마 보살님은 자꾸 내게 남존여비에 입각한 조언을 하셨다. 스님 앞에서 등을 보이지 말라거나 하는 참견이

었는데, 이분은 스님과 얘기를 나눈 후에는 뒷걸음질로 물러났다. 사람 사는 곳은 어디나 비슷하다는 사실을 반복해서 실감하며 나는 열이틀 정도 있다가 하산, 나의 가정과 일터로 복귀했다.

빚과 빚과 빛

사전에 의하면 '빚쟁이'라는 말은 두 가지 경우에 다 쓰인다.

(1) 남에게 돈을 빌려준 사람을 낮잡아 이르는 말(예: 빚쟁이가 와서 독촉을 한다)

(2) 빚을 진 사람을 낮잡아 이르는 말(예: 빚쟁이 다리 뻗고 못 잔다)

엄마가 돌아가셨을 때, 갚을 빚과 받을 빚이 남아 있었다. 갚을 빚이 2000여 만 원, 받을 빚이 8000여 만 원이었다.

말년에 엄마는 내 삶에 기여하고 싶어하셨다. 물론 당신의 남은 삶도 가꾸고 싶으셨겠지. 나이 들어가는 몸으로 손녀를 돌봐주면서 무슨 일을 얼마나 더 할 수 있으셨겠나. 엄마는 용문시장

근처에서 활약했던 전성기를 떠올리면서 일수놀이를 다시 시작하셨다. 밑천을 불리느라 내게서도 악착같이 돈을 뜯어갔다. 딸아이 돌봄 노동비도 따박따박 받아, 올케는 무슨 친정엄마가 저러시냐 했는데 나는 엄마에게 더 원대하고 극진한 바람이 있음을 느끼고 있었다.

급작스럽게 발병과 큰 수술이 이어지고 동아줄 부여잡는 심정으로 중국에 치료 원정을 떠나기 전, 엄마는 나를 데리고 빚 받을 집을 일일이 돌아다녔다. "얘가 내 딸이오. 얘가 와도 내가 온 듯 돈을 주시오." 용문시장 안과 주변의 가게들과 용산역 부근의 술집, 여관 등지였다. 엄마는 과연 내가 그 돈을 받을 수 있으리라 생각했을까? 당신이 반드시 회복해서 받으리라 믿었을까? 이 부분에 대해선 말이 없으셨으니 알 수 없다. 수술 후 병원에 있던 시기에 딱 한 번, 엄마가 누군가에게 화를 내며 "넌 내가 죽었으면 좋겠지! 까불지 마. 내가 곧 갈 거다. 너 우리 딸 얕보면 내가 가만 안 둔다. 하, 내가 귀신이 되어서라도 니 돈 못 받을 것 같냐" 통화하는 걸 보고 내가 놀라 오빠에게 고자질을 했고, 오빠가 와서 병 치료 받는 동안은 절대로 빚 독촉을 하거나 그쪽 관련 생각은 하지 말라며 다짐을 받았을 뿐이다.

투병 석 달 만에 어머니가 돌아가신 후 오빠와 외삼촌이 의

논을 했다. 이 2000만 원 안 갚으면 문음이가 시달린다. 이 건은 해결하자. 두 사람이 각각 1000만 원씩 내놓아 엄마가 진 빚을 갚았다. 엄마는 완벽한 장부를 갖고 있었다. 오빠가 이런 쪽으로 잘 아는 친척 얘기를 들어보니, 8000여 만 원에 대해 조폭을 고용하면 '반까이'를 하기 때문에 4000만 원은 받을 수 있다고 했다. 장부와 차용증이 확실히 있으니, 문음이 너는 받으러 돌아다닐 필요 없이 그냥 가만히 있으면 된다고.

하지만 덜컥 겁이 났다. 조폭이라니. 무서운 한국 영화들이 떠올랐다. "오빠, 이 사람들 다 살기 어려운 형편이야." "그렇겠지." "8000만 원이 원금이 아니고 이자가 잔뜩 붙은 금액일 거 아냐." "아, 당연. 뻥튀기된 금액이지." 서울대 경영학과를 졸업한 오빠도 전혀 지적知的이지 않은 단어로 말했다. 난 두려웠다. 어려운 사람들 피눈물 나게 하는 상투적이고 끔찍한 영상들이 휘리릭 지나갔다. "아니, 그렇게 하지 않을래." 오빠도 후련한 듯 말했다. "그래. 그럼 이 장부 갖고 니가 받을 만큼만 받으면서 살아보렴." 그렇게 정리가 되고, 오빠는 미국 주재원으로 가족과 함께 떠났다.

그 후 몇 번인가, 일 마치고 돌아와 엄마처럼 작은 장부를 들고 용문시장도 다녀보고, 용산역 쪽도 돌아봤지만 수금은 되지 않았다. 엄마 돌아가시기 전에도 한 바퀴 돈 적이 있는데, 그때 용산역 부근 한 허름한 여관의 아주머니가 철철 울면서 어머니가 많이 아파서 어떡하냐, 좀 괜찮으시냐, 고생 많이 하셨는데 살 만하니까 큰 병이 나시냐면서 내게 70만 원을 쥐여주셨던 게 처음이자 마지막이었다. 여관 아주머니, 복 받으시라!

'엄마의 받을 빚 8000만 원'은 차츰 내게 어쩔 줄 모르겠는 갈등과 부담 덩어리가 되어갔다. 사실 나는 많은 것을 기대하지 않았다. 내 엄마는 장사가 되든 안 되든 날짜를 어기면 행패를 부려서라도 따박따박 받아냈지만, 나는 상냥하니 장사가 안 될 땐 못 주더라도 잘되는 날에는 '다문 얼마라도' 성의를 보이거나 내가 어차피 장을 보러 가게 될 때 싱싱한 생선 한 마리를 덤으로 주거나 시금치 한 단을 찔러줄 줄 알았다. 나는 약자끼리인 우리가 사이좋게 지낼 줄 알았다. 나는 우리가 각자의 처지에 맞게 그저 최선을 다하기를 바랐다. '내가 이렇게 선의로 대했으니 성의껏……' 엄마 받을 빚의 5분의 1, 아니 10분의 1 정도는 조금씩 받을 수 있을 줄 알았다. 내게 어차피 다른 생업도 있으니, 덤으로 부수입을 올릴 수 있으리라는 화사한 기대를 품었다. 이 원금 중엔 내게서 뜯어간 것도 있다고요!

그런데 전혀 아니었다. 대부분의 사람은 그저 불편해하며 버티거나 오히려 적반하장이 되어갔다. 내가 시장에 들어서면 교대로 몸을 숨기는 게 보였다. 아, 그 야비함…… 그들은 다수였고 나는 혼자였다. 당시 나는 그들보다 훨씬 더 '상처받은 짐승' 같은 상태였다고 생각한다. 이혼을 한 지 얼마 되지 않았고, 아이는 어렸으며, 친정엄마까지 잃었다. 그 아픔과 슬픔이 생살 쪼갠 것처럼 선연할 시기, 그들의 치사한 얼굴을 보려니 전혀 논리적이지 않게 '야, 이 그지 같은 인간들아, 당신네의 그런 야비함 때문에 우리 엄마가 병들고 죽게 된 것이로구나!' 하는 혐오와 절망과 원한의 감정이 치솟았다. 내가 이러네. 이건 아니다, 싶었다.

깊은 밤 용산역 부근을 돌 때는 이러다 내가 어떤 식으로든 표적이 될지 모른다는 불길한 예감이 들었다. 당시 나는 30대, 어린 딸을 데리고 혼자 사는 여성이었다. 그 컴컴한 밤길을 다니다가 해코지를 당할 수도 있고, 아니 그러다 또 나를 지켜주거나 도와줄(?) 남정네를 만나게 될 것만 같았다. 한마디로 계속 이러다간 누군가와 '엮일' 가능성이 커 보였다. 이 지난한 갈등의 현장을 어린 딸에게는 또 어떻게 보여줄 것이며……

나는 그냥 다 포기하고 깔끔하게 그 동네를 뜨기로 결심했다. 맞아, 어차피 이건 '엄마 인생'이야. 새삼 엄마와 자식이 도무지 겹치는 부분이 하나도 없다는 생각이 들었다. 사실 우리 가족은 지긋지긋한 도원동 일대를 떠나 광명시 아파트 등지로 이사 가 살다가…… 결혼해 프랑스로 갔다가 돌아온 동생의 어린 아들과 내 딸 돌보기를 엄마가 도와주기로 하면서, 다시 엄마가 원하는 도원-용문동으로 모여들게 된 것이었다. 동생은 이미 김포 쪽 아파트로 떠난 후였다.

어느 날, 난 엄마의 받을 빚 8000만 원에서 한 푼도 받지 못한 채로, 내가 태어나고 자란 고향이기도 한 도원동을 야반도주하듯 떠났다. 연기처럼. 말 한마디 없이. 빚쟁이(빚 받을 사람)가 하루아침에 증발해버린 것이다.

나는 서대문구 연희동 산 밑, 연희초등학교 후문 쪽 언덕 위에 있는 작은 연립주택 꼭대기 층으로 이사했고, 이후 단 한 번도 도원-용문동에 가지 않았다. 나는 딸아이와 밝고 평화로운 새 세계를 건설하기를 바랐다.

엄마의 무대, 도원동을 그렇게 떠난 후, 나는 가끔씩 엄마의 전 재산, 엄마의 모든 것을 일거에 버려버렸다는 가책과 불안에 시달렸다. '넌 교만했던 거야!' '허황한 것!' 하는 목소리가 솟았다. 성묘 가는 날엔 심장이 두근두근했다. 엄마가 안다면 그 돈이 얼마나 아까울지, 억장이 무너질 것을 너무나 알겠어서 저릿했다. 형편이 괜찮고 잘 풀릴 땐 잊었다가 몸이 아프거나 일이 안 풀릴 때면, 한 푼이 아쉬울 때면 '잘난 척하더니 쌤통이잖아' 싶었다. 골목길을 돌아서다가 철렁하거나 아찔해지곤 했다.

밤샘을 밥 먹듯 했지만 이혼 초기의 빚도 갚고 그럭저럭 잘 살아오던 나는 딸아이가 대학 갈 무렵부터 수입이 급격히 줄었고, 달리 모색하던 제작 일이 꼬이면서 다시 빚을 지게 되었다. 순환이 잘 되지 않자 빚을 진다는 부담감은 내 내부에 점점 더 길고 어두운 그림자를 드리웠다. 빌려준 이들이 재촉하거나 책망하지 않아도 무리 속에서 그 침묵의 표정이 줌인되어 읽혔고 내 머리가 스스로 눌렸다. 아마도 병인病因이 되었을 것이다. '내 그럴 줄 알았지. 이상을 좇더니 꼴좋다.' '이제 어떡할 건데!' 비난의 소리가 스스로에게 다시 들렸다. 꿈을 꾸면 '니 빚도 8000만 원이 되고 말 거다' 소리가 다다다다 메아리쳤다.

나는 최근에야 나의 오해와 이해, 과도한 이입과 통찰을 분별할 수 있게 되었다. 결과적으로, 나는 용문동의 받을 빚을 떠나온 선택을 후회하지 않는다.

나는 어떤 이들로부터 가끔 듣는 대로, 내가 '매의 눈' '드론의 시각'을 가졌다는 것을 단점으로 여기지 않는다. 나는 나의 눈, 이상주의를 사랑한다. 어떤 난관 속에서도 빛에의 지향을 잃지 않는 나의 태도를 좋아한다. 다만 내 생활 속에서 구체적인 욕망의 실현, 디테일한 협상의 기술들을 더 연습하고 훈련해야 한다는 사실을 받아들인다.

'나를 밟아라' 했던 엄마의 시도는 탁월한 해프닝이었다. 나는 육체성을 키우고 있다.

엄마의 필적이 남아 있는 일수 장부를 꺼내 책꽂이 가까이에 두었다. 한글 글씨뿐 아니라 숫자 필체도 예쁘다. 이름 아닌 호칭이 아롱져 있다. '백구두' '지압 아즈마이' '노래방 동생' '튀김집' '철물점' '사창고개 야미고데 집' '해물 할머니'…… '풀잎'은 뭘까. 허름하고 작은 칸막이 술집이 떠오른다. '봄비'도 있다. 그 옆엔 서로 소개를 거듭한 듯 '봄비 김양' '봄비 총각'의 50만 원짜리 일수 장부가 이어진다.

나는 화사한 햇살 아래 종종 엄마의 일수 장부를 펼쳐본다. 일수 찍듯이 하루하루를 좀더 야무지게 메워보자고 다짐한다.

얼굴 2

난 어디 얼굴을 내놓거나 독사진 찍기를 꺼리는 편이다. 얼핏 보면 잘 모르지만 자세히 보면 얼굴에 흉터도 많고 주름도 많다. 얼굴에 수난을 많이 겪기도 했다.

난 아주 약하게 태어났다 한다. 엄마가 몸이 약할 때여서 해골에 거죽을 씌운 것 같은 애가 나왔길래 곧 죽을 줄 알았단다. 나낳기 전, 오빠와 나 사이에 낳았던 둘째 아들이 일주일 만에 죽었는데 더 형편없는 아기가 나왔던 것. (아버지는 이 작은오빠를 낳자마자 부지런히 이름을 지어 출생신고를 하고 또 일주일 만에 사망신고를 해, 재적등본에는 이 오빠 이름이 남아 있다. 김문우金文雨다. 컴퓨터 통신을 처음 하던 시절 나는 이 이름을 내 대화명으로 사용해, 지금도 날 '문우님'으로 부르는 이가 많다.) 거적때기에 싸서 문밖에 내놨는데 애가 죽지 않고 계속 칭얼칭얼 울더란다. 할 수 없이 다시 들여와 씻기는데, 너무 말라 잡기도 영 아슬아슬하고, 피부가 때처럼 벗겨지고, 목욕물에 비계 기름 같은 게 둥둥 떠서 애가 사람 구실이나 하게 될지 곤혹스러웠단다.

그렇게 살아났는데, 눈에 다래끼 같은 것이 계속 나다가 한번은 눈두덩에 혹처럼 불룩한 게 생겨 병원에 가 수술을 하게 되었다. 째고 안에서 비지같이 생긴 것들을 꺼내고 봉합을 하니 흉터가 심하게 나서 '미스 코리아 되긴 글렀구나' 했단다. 웬 미스 코리아? 당시 어머니들은 '딸 낳으면 미스코리아' 뭐 이런 게 있었나보다. 걱정했던 눈두덩의 흉터는 막상 그렇게 눈에 띄지 않았는데 나이 들어 얼굴 살이 쪽 빠지자 눈두덩도 홀쭉해지면서 까마득한 시절의 흉터가 점점 도드라지게 되었다.

내게 가장 충격적인 상황은 초등학교 고학년 무렵에 찾아왔다. 비염이 심해 엄마에게 이비인후과에 데려다달라 여러 번 말했는데 엄마는 절대 데려가지 않았다. 나는 누런 콧물이 나다가 계속 뒤로 넘어갔고, 무엇보다 머리가 너무 아팠고, 스스로에게 좋지 않은 냄새가 나기도 했다. 나는 엄마에게 여러 차례 칭얼대며 통사정을 했을 것인데…… 어느 날 엄마가 무슨 대단한 결심이라도 한 표정으로 내 팔을 끌고 어디론가 갔다. 우리 집 맞은

편 언덕 꼭대기 동네로 하염없이 올라갔다. 그러고는 어떤 허름한 가옥으로 들어섰는데 체구가 작고 깡마른 아저씨가 앉아 계시고, 방 안엔 스테인리스 그릇 위에 약솜, 칼, 구부러진 꼬챙이 같은 낯선 도구들이 있고 소독약 냄새가 확 풍겼다. 어떤 통엔 피 묻은 솜이며 휴지들이 잔뜩 있고, 물 바케쓰 같은 것에도 연한 핏물이 있었던 것 같다. 무서웠겠지, 아마…… 내 기분이 어땠는지는 기억나지 않는다. 그 후에 맞이한 상황에 대한 충격이 너무 컸기 때문이다.

그 아저씨가 당황하며 '아니, 애가 너무 어리잖아요' 했던 것 같다. 엄마의 말은 똑똑히 기억난다. "걱정 마셔. 얜 잘 참아요. 두고 보셔." 자신 있게 말했다.

그 집은 '야매'로 수술을 해주는 집이었던 모양인데, 지금 생각해도 엄마가 너무했다 싶은 대목은, 엄마가 날 맡기고는 가버렸다는 점이다. 정말 돈이 없어서, 병원비가 없어서 '무허가' '가정 수술처'로 갔다 치자. 내 손이라도 꽉 잡고 곁에 있어줄 수 있지 않은가? 미안하다, 우리 힘내자 하며 힘을 보태줄 수 있지 않나 말이다. 엄마는 그 아저씨에게 나를 맡기고는 토꼈다. 날 버렸다. 아, 정말. 결정적 순간에 엄마는 그런다. 병이다, 정말.

"두고 보셔. 얜 꼼짝도 안 할 테니."

그러고는 후다닥.

"아, 그래도 엄마가 잡아주셔야지!"

혼자 남은 아저씨가 한숨을 푹푹 쉬었다. 아저씨의 긴장과 공포가 그대로 느껴졌다. 그분이 나한테 계속 했던 말은 '너 절대로 움직이면 안 된다!'였다. '네, 그럴게요.' '하느님, 나 좀 살려주세요!' 나는 이후로 그 아저씨가 원하는 방향과 각도대로 얼굴을 고정시키고 꼼짝도 하지 않았을 것이다.

무슨 일이 있었더라…… 불빛을 비추며 내 코 안을 한참 들여다봤고, 뾰족한 꼬챙이인지 끌인지 칼인지 가위 같은 것으로— 나는 눈을 질끈 감고 있었으니 당연히 도구들을 제대로 볼 순 없었다—내 콧구멍 안쪽 더 깊숙한 곳 어떤 돌기 같은 것을 잘라낸 것 같고— 물론 마취 같은 것 없다—, 그다음 아주 긴 꼬챙이 같은 것으로 더 안쪽을 후빈다. 나는 뺨 안쪽과 어떤 공간에 날카로운 통증을 느낀다. 그러고는 나보고 코를 풀라고 한다. 코피가 하염없이 나온다. 코는 물론 얼굴 전체가 너무 아파서 코를 풀 수가 없는데, 아저씨는 '최대한' 풀어야 한다며 나를 격려한다. 나는 눈물 콧물 핏물을 쏟으며 시키는 대로 한다. '으엉, 다 된 것 같아요. 그만해요. 엉엉.'

난 다 된 줄 알았다. 끝난 줄 알았다. 그런데 그 아저씨가 더욱 긴장하는 게 느껴졌다. 진땀 삐질. "너 정말로 절대로 움직이면 안 된다?" '응? 뭘 더?'

다시 나를 눕히고는 준비하는 소리. 이건 뭐지? 치직. 치지직.

그다음 단계가 너무했다. 그 아저씨는 어떤 도구로 내 한쪽 콧구멍을 최대한 벌리고는 다시 조명을 비추고 코의 저 안쪽 아마도 물혹 같은 것, 잘라낸 부위를 달군 쇠꼬챙이로 지졌다. 물론 마취 없이. 당연히 난 절대 안 움직인다. 속으로는 한없이 기도를 반복한다. 살려주세요. 내 얼굴을 지켜주세요.

내 느낌은 어떠했나. 앞부분 수술 작업 때는 얼굴이 작살나는가 싶더니, 아아, 불로 지질 때는 정말 뇌가 타버릴 것 같았다. 너무 깊고 예민한 곳. 탄다. 살이 타는 냄새. 머리통이 온통 열기에 휩싸인다.

비틀비틀. 어둑해진 골목길을 홀로 걸어 돌아왔다. 내 얼굴이 머리통이 붙어 있기는 한가. '내게 상상되는 나'는 내 머리통에서 연기가 모락모락 나는 것인데 아무도 나를 쳐다보지 않는다. 이후로도 오랫동안 살 타는 냄새가 '나에게는' 났다. 달리 출구도 없잖은가. 내 얼굴 속에서 벌어지는 일. 거울 가게를 지나며 나를 비춰보니 코에는 소독솜이 잔뜩 틀어막혀 있고, 이상하게 어디에서도 눈에 띄게 연기가 나진 않는다. 다만 눈이 빨갛게 충혈되어 있다. 눈에서도 열이 펄펄 난다.

아아 맙소사. 그 사건 이후 내가 어디 아프다는 말을 엄마한테 꺼낼 수 있었겠는가?

　세월이 흐르고 흐른 어느 날이었다. 동생도 나도 성년이 되어 사회생활을 하고 엄마, 오빠, 올케, 조카 온 가족이 광명시 아파트에서 그럴듯하게 모여 살던 시절. 다 같이 어디 놀러 가기로 한 날이었는데 동생이 비염 때문에 머리가 아프다며 울고불고했다. 오빠가 가는 길에 동창이 고대 구로병원인가 어디 이비인후과 과장으로 있다며 들렀다 가자고 했다. 그 의사가 동생의 상태를 보고는 사진을 찍어보자 했는데, 오빠가 불쑥 "문음아, 너도 옛날에 코가 안 좋다 하지 않았나? 문영이 찍는 김에 같이 찍어라, 야" 했다. 그 친절한 동창 의사가 "아, 그래요? 그러시죠, 그럼" 하는 바람에 숨을 듯 있던 나도 곁다리로 찍게 되었다.

　사진이 도착하고. 그 의사가 말했다. '사진이 바뀐 거 아닌가요.' '아닌데요.' 동생이 확실하게 말했다. 동생은 앞니 두 개를 뽑고 교정을 했기 때문에 해골 엑스레이로 분명하게 구분할 수 있었다. 의사가 말했다. "동생은 간단해요. 그냥 약 좀 쓰면 돼. 그런데 이 언니는, 괜찮아요? 그동안 머리 안 아팠어요? 어떻게 이러고 살았지?" 당장 입원하고 수술해야 한다고 했다. 양 뺨 안쪽에 고름이 꽉 차 있다고. 큰일날 뻔했다고.

　나는 그냥 쭈그리. 엄청 부끄러워하며 속수무책으로 찌부러져 있었다. 나로 말할 것 같으면 머리 아팠던 건 옛날 옛날 하옛날의 일이고, 고름 냄새가 났던 것도 옛날 일이며, 사실 그 '야매 수술과 살 지지기 고문 사건(?)' 이후 모든 게 다 아물고는 머리가 아프지도 않았고, 쾨쾨한 냄새가 나지도 않았다. '타는 냄새'가 오래도록 났을 뿐이다. 저 얘긴 물론 어디서도 언급되지 않았고 엄마로선 마치 용한 의사의 처방을 받았다는 듯이 넘어갔었다. 그리고 저 고름이라 명명된 것은 이미 아교처럼 딱딱하게 눌러붙어버린 것이어서, 염증 상태도 아니었다. 그냥 화석 같은 상태. 그러나 엑스레이 사진상에는 뿌옇게 나왔으므로 어쨌든 나는 갑자기 큰 병원에서 전격적으로 수술을 받게 되었다.

지금은 아마도 레이저로 비교적 간단하게 하겠지만, 그 당시에는 윗입술을 들어올리고 잇몸 윗부분과 입술 사이를 길게 절개하고 수술을 했다. 수술 집도는 그 동창 의사가 아닌, 아마 처음으로 수술이란 걸 하게 된 듯한 젊은 의사가 맡았다. 결과적으로는 최선을 다해 정성껏 해주었다.

그것은 수술이라기보다 어떤 '공사' 같았다. 대장장이나 조각가가 해골 뼈 안쪽에 딱딱하게 들러붙어 있는 아교 같은 불순물을 망치와 끌로 떼어내는 작업. 힘들고 섬세한 노동. 그러나 그걸 당하는 나는 끌질 당하는 부위도 부위지만 눕혀진 자세로 계속 쿵쿵 울리는 충격을 받다보니 뒤통수가 너무 아팠다. 그 신입 의사는 부분 마취액 같은 것을 계속 뿌려가며 무슨 기기판에 나타나는 숫자와, 내가 많이 아파 '으응' 소리 내는 것을 참고하며 작업을 했는데, 나는 으응 신호음 외에 '말'을 할 순 없는 상태였으므로 뒤통수가 아프다는 얘기는 전달할 수 없었고, 그는 내 앞 얼굴이 느낄 통증만을 신경 쓰며 쿵쿵 망치질을 해 난 난감했다. 이러다 뒤통수에서 피가 나는 게 아닐까 걱정될 지경…….

결과적으로 수술은 완벽하고 깔끔하게 끝났다. 그 의사는 '자기의 첫 작품'인 날 너무나 예뻐하고 대견해서 난 잠시 짝사랑에 빠질 뻔하기도 했다.

내 얼굴은 퉁퉁 부어 영화에 나오는 '노트르담의 꼽추'같이 되었고, 지금도 생생하게 잊을 수 없는 것은, 내가 가르치던 교회학교 애들과 교사들이 문병을 왔다가는 내 얼굴을 보고서도(나는 왈칵 반기고 있는데) 알아보지 못해 가버리는 장면이다. 병실 호수를 잘못 찾은 줄 알았다나. 나중에 간호사와 함께 왔고, 어린애들은 내 얼굴을 보며 무서워했다.

남자의 주먹으로 얼굴 정면을 맞았던 사건도 있었는데…… 생략하는 게 좋겠다. 아무튼 얼굴 수난이 많았고, 나는 얼굴을 포기해버린 측면이 있다는 것. 얼굴 콤플렉스가 있어 얼굴 독사진을 찍거나 드러내기를 꺼려온 것 같은데 앞으로는 그러지 말아야겠다는 얘길 하고픈 것이다.

　내 경험에 의하면 외모도, 물론 외면적인 생김새 자체도 중요하겠지만 내면의 자신감, 안정감, 사랑스러운 태도가 더 결정적이다. 뭐 얼마나 예뻐지겠다는 게 아니라―물론 노력도 하면 좋겠지, 재미있을 만큼―, 일정 부분 '자연스러워지겠다'는 뜻이다. 도대체 왜 죄인처럼 자꾸 숨어들려 하는가, 사라지려 하는가 말이다. 과장되게 웃지도, 숨거나 도망가지도 않고 그냥 '있는 그대로' 당당하게 있어보겠다.

　얼마 전 은평구 '옥희살롱'이라는 곳에서 주최하는 살롱영화제에 참석했다가 발제자인 전희경 선생의 글에서 미국 여배우의 인터뷰 기록 중 마음에 드는 대목을 발견했다.

> 내가 성형수술을 하거나 보톡스를 맞는 일은 없을 거예요. 누군가 내 얼굴을 보고 "정상과 계곡과 균열이 있는 '국립공원'을 보는 것 같다"고 말했는데 나는 그 말이 정말로 좋습니다.
>
> (프랜시스 맥도먼드, 1957~)

　하나의 대륙처럼 나의 얼굴에도 지난날의 역사, 기쁨과 슬픔, 환락과 공포, 꿈과 좌절이 배어 있을 것이다. 프랜시스 맥도먼드가 말한 '국립공원'처럼, 샘도 있고 풀도 있고 길도 있을 것이다. 가물 때도 있고 습할 때도 있겠지. 폐쇄시키지 말고 다양한 표정을 자연스럽게 드러내려 한다. 무엇보다 이곳에서도 평화롭게 안식할 수 있기를.

가만한 눈빛

엄마의 얼굴을 떠올리다보면 화가 나서 부들부들 떠는 얼굴 말고, 좀 멍때리는 듯한, 아주 고요하고 가만한 표정도 있다. 그 멍청하고도 좀 걱정스러워하는 듯한 얼굴과 눈빛을 떠올리면 좀 쓸쓸해지기도 하지만 이내 마음이 안온해진다.

내 중학생 시절인가, 아니면 고교 시절쯤인가. 아마도 장마철, 장대비가 퍼붓던 날이었다. 우산도 없이 걷다가…… 그다음엔 사실 기억을 옮기기 어렵다. 이런 걸 살짝 정신이 나갔다고 하는 것인지 모르겠다. 어느 순간 '비가 나를 부르고 있다'는 상태에 빠졌다. 천둥 번개가 치고, 사방 천지 한 치 앞도 분간이 안 되게 장대비가 퍼붓는 중인데 분명, 비가 나를 부르고 있었다. 나는 그 호쾌한 자연의 세례 속에서 호출이 느껴지는 곳을 향해 걸었다. 기뻤다. '나 여기 있어요. 어서 나를 데려다주세요' 했다. 여긴가. 이쪽인가. 분명히 비가 나를 부르고 있는데, 아무리 가도 그 세계로 내가 진입되지 않았다. 그 헤매는 시간은 전혀 고통스럽지 않았다. 아니 행복했다. 웅대한 연주 속에 잠겨 있는 듯한 엑스터시. 얼마를 걸었는지 알 수 없다. 옷은 물론 온몸이 통째로, 강물에 빠진 듯 구석구석 젖었다. 아니 피부가 불어날 지경이 되었을 것이다. 날이 저물고, 깊은 밤이 된 후 어느 지점에서야 나는 집으로, 현실로 돌아가야 한다는 사실에 맞닥뜨렸을 것이다. 공중전화로 전화를 걸었던 것 같고, 외삼촌과 연결이 되었다. "택시를 잡아타고 '영동 사거리' 가주세요 해라. 내가 나가 있으마" 했다. 외삼촌이 손전등을 켠 채 큰길에 나와 있었다. 그날엔 외삼촌 댁으로 가서 잤다. 외숙모가 자기 속옷을 내주던 장면 따위가 아득히 기억난다. '길을 잃어서요' 뭐 그렇게 얘기되었던 것 같다.

그리고 이튿날 집에 돌아온 후 내가 엄마에게 "비가 나를 부르고 있었어, 분명히" 하고 솔직하게 말했을 때, 엄마가 그렇게 좀 멍때리는, 관대하고 가만한 얼굴이 되었던 것이다. 엄마는 그날 내게 아무 말도 하지 않았다. 난 뭐라고 시시콜콜 따지거나 설교하지 않는 엄마의 그 태도가 좋았던 것 같다.

또 한번은 이보다 조금 나중, 열여덟 살 무렵에 있었던 일이다. 아, 이 일은 평생 아무에게도 해본 적 없는 부끄러운 얘기다. 어느 날 나는 (아 이것도 어떻게 표현해야 할지 잘 모르겠다. 아무튼) 너무나 노래를 부르고 싶어 열이 펄펄 나는 상태가 되었다. 큰일이네. 어떡하지. 온몸이 노래 부르고 싶다는 욕구로 불탔다. 맞나? 내가 잠시 미쳤었나보다. 나는 이봉조라는 작곡가를 찾아가야겠다고 생각했다. 어떻게 정보를 얻었는지는 기억나지 않는다. 나는 정말로 그가 나올 거라는 건물을 찾아갔다. 안국동 언저리였던 것 같은데, 그곳에도 무슨 방송사가 있었던가? 건물 문밖에 서 있는데 정말 TV에서 보았던 분이 퇴근하는 듯한 모습으로 유리문을 열고 나왔다. 주차해 있는 곳으로 가려 했던가? 나는 종종걸음으로 달려가 쭈뼛쭈뼛 말했다. "제가 노래를 불러보고 싶어서요." 가까이서 보니 얼굴이 꽤 진하게 잘생긴 편인, 그러나 몹시 피곤해 뵈는 그 아저씨가 날 흘깃 보더니, 잠시 망설이다가 나를 데리고 건물 안으로 다시 들어섰다. 지금 생각하니 참 고맙다. 바쁘다며 그냥 지나칠 법도 한데 최소한의 배려를 해줬다. 그가 피아노 앞에 가 손으로 건반을 디리링 훑더니 무슨 노래를 부르겠느냐고 했다. '〈날개〉요.' 나는 정훈희의 〈날개〉를 불러보려 마음먹고 있었다. 그 노래를 가장 좋아한다기보다는, 그 노래가 단순해서 '가장 덜 떨릴' 노래라고 생각됐기 때문이다. 고음으로 그냥 쫙쫙 뻗으면 되는 형태의 노래. 나는 이봉조 선생님의 반주에 맞춰 노래를 불렀다.

아무도 모르게 외로움에 지쳐서/ 누구도 모르게 고독에 잠겨서/ 갈 곳도 없는데 어디로 가느냐/ 날개만 있다면 날아가고 싶어요./ 구름 타고, 바람 타고/ 정처 없이, 나는 새들아/ 훨훨 날아라, 훨훨 날아라/ 이 세상 끝까지 날아라/ 아아아 나에게 날개가 있다면 저 푸른 하늘을 날아가고 싶어요~~~~

정훈희씨는 이 노래를 부를 때 '날라라'라고 틀리게 발음하는데, 나는 '날아라'로 발음했다. 떨렸는지 어땠는지 잘 기억나지 않는다. 그냥 쫙쫙 불렀다. 그가 '취미가 있네' 하더니, '다음에 어머니 모시고 다시 오라'고 했다. 그러고는 바쁜 일이 있다며 인사하고 사라졌다. '어머니를 모시고' 오라고? 그건 있을 수 없는 일이었다. 맥이 탁 풀렸다. 나는 당연히 포기했고, 그 일을 잊었다. 그런 괴상한 사건을 저질렀더니, 신기하게도 '노래 부르고 싶은 열병'이 싹 사라졌다. 다행이었다. 그리고 얼마간의 나날이 지났을까. 엄마와 무척 힘든, 덩치 큰 종류의 집안일을 마치고 방 안에 길게 뻗어버리게 되었던 어느 날, 나는 등을 대고 누워 있고 엄마는 동그란 밥상에서 무슨 장부들을 올려놓고 계산을 하고 있었다. 아마 라디오에서 이봉조 작곡의 가요가 나와서 그러지 않았을까 싶은데, 내가 문득 지나가는 말로 그 얘기를 했다. 그때 엄마가 하던 일을 딱 멈추고 나를 멍하니 바라보았다. 그러고는 뭔가 이성적이고 합리적인 말을 해주려 고민을 하는 듯한 시간이 흘렀다. 나는 졸음이 쏟아져 잠에 빠져들며 억지로 엄마를 기다렸던 것 같다. 엄마가, 평소의 엄마답지 않은 한껏 호의적인 목소리로, '노래하고 그러는 데도 주인공이 있고, 꼬래비가 있을 텐데, 목소리도 작고 옹알옹알하면 주인공 가수 뒤에서 시녀 노릇이나 하게 되는 법이다. 너는 목소리도 작으니 애시당초 신경을 끄는 게 신상에 좋을 것'이라는 내용의 얘기를 조곤조곤 했다. 지금 같으면 '목소리 작은 게 뭐 어때서요. 등려군 같은 가수는 뭐 목소리가 크냐고요' 했을지도 모르겠지만 그 당시의 나는 그냥 만사가 귀찮았다. '응, 이미 지난 일이야. 그냥 그런 일도 있었다고' 하고는 까무룩 잠이 들었는데 졸린 중에 마지막으로 본 엄마의 표정이 너무나도 고요했다.

그리고 지금 내 곁엔 엄마의 그런 가만한 눈빛이 머물고 있다.

피어라, 꽃

지난해 3월에 암 진단을 받았습니다. 피해갈 줄 알았던 항암치료와, 방사선치료까지 받게 되면서 봄, 여름, 가을, 겨울을 투병인으로 살게 되었습니다. A.C, 즉 에이디 마이신과 사이클로 포마이드라는 약을 투여하자 소문대로 머리카락, 속눈썹 등 온몸의 털이 싹 빠졌고, 탁셀을 맞자 심한 근육통과 손발의 감각 이상이 발생하며 손톱 발톱이 까맣게 변해갔습니다.

치료를 견디는 긴 과정은, 자신의 생을 돌아보며 생활 환경과 태도, 패턴을 재정립하는 기회이기도 했습니다. 난감하기도 했지만, 저는 진심으로 감사했습니다. '어리석고 나약한 내가 내 힘으로 바꾸지 못하자, 하느님께서 특단의 조치를 취하시는구나' 싶었습니다. 저는 제대로 살 준비와 제대로 죽을 준비가 다르지 않다는 것을 알게 되었습니다. 하지만 무리했던 구성안들을 버리고, 분수에 맞게 견적을 다시 짜는 일이 현실적으로 그리 쉽지만은 않습니다.

'사랑은 분리됨에 있으며, 진정한 사랑은 느낌이 아니고 서로를 성장시키는 행위'라는 내용으로 20대의 제게 큰 힘을 주었던 『아직도 가야 할 길』이라는 책의 저자인 M. 스캇펙 선생이, 인간의 어리석음과 실책에 대해 표현하기를, '목욕물 버리려다 아기까지 버린다'고 했던 말도 떠올랐습니다. 무엇을 버리고 무엇을 취해야 하는 것일까요?

마취 상태로 10시간 이상 진행되는 수술을 받고 나오면서 돌아가신 엄마를 겪었습니다. 놀랍게도 저는 제 엄마처럼 양미간을 마구 찌푸리며 잠시 저의 엄마가 되어 있었습니다. 엄마의 눈으로 '나라는 인간'을 보는 신기한 경험을 한 것이죠. '분리'가 아닌 '연결'이었습니다!

엄마의 눈과 나의 눈 사이, 그 '블라인드' 지점에, 이를테면 살려야 할 '아기'가 숨어 있었습니다. 실향민이자 여성 가장으로 세상과 싸우는 미션을 수행하느라 폭력적이 되어가며 포기했던 엄마 자신의 꽃봉오리, 그런 엄마의 조수 역할을 하며 매 맞는 딸로 사느라 감춰두었던 나의 꽃봉오리가 그 캄캄 어둠 속에 버려져 있더라고 하면 맞는 표현일까요?

1차 항암 주사 후 극심한 구토증으로 고통받을 때, 문득 우리 집에 많이도 있는 하얀 사기그릇들이 싫어졌더랬습니다. 딸애는 독일 유학 중이고 혼자 전투태세를 불사르며 진수성찬을 차려 먹으려 애쓰던 중이었죠. 이 그릇은 아득히 오래전 저 결혼할 때, 엄마가 어디 빚 받을 곳에서 돈 대신 집어온 그릇 세트였고, 엄마는 그걸 제 혼수로 떡하니 해줬던 것인데, 저는 기능적으로 아직 멀쩡하고 유행을 타지 않는 디자인이라는 이유로 세상에, 30년 동안 그 그릇을 사용해오고 있었습니다. 네. 필수적이지 않은, 가변적인 취향 따위에 돈 쓰기를 꺼려왔던 것인데, 이제 저는 외치고 있었습니다. '난 이 그릇을 좋아하지 않아. 나에게도 취향이라는 게 있다고요!'라고 말이죠.

저는 첫 항암의 충격으로 눈을 제대로 뜨기도 힘든 몸을 이끌고, 동네 고급 그릇 상점에 갔습니다. 아, 다행히 2층에 제 마음에 드는 접시가 있더군요. 지중해풍의 푸른빛이 도는, 균질하지 않은 질감의 접시. 한 판매원이 매만지는 저를 보며 "그 접시는 그 거뭇거뭇한 부분이 참 매력적이지요?" 하더군요. 세트를 살 엄두는 못 내 단품 한 개만 장만했고, 그 푸른 접시를 볼 때마다 사소한 행복감이 올라왔습니다. 고기와 야채를 열심히 담아 먹었죠.

제가 구상하고 걸어가는 '앞으로의 새 길'에는 취향의 발견이나 실현, 연약한 부분을 살려가겠다는 '코드'가 포함되어 있습니다.

올해 1월로 지루한 표준 치료를 마치고 회복 중인데, 3월 첫째 주에는 드디어 독일 체류 중이던 딸아이가 일 년 반 만에 다니러 왔습니다. 남들이 보면 감격스러운 포옹, 뜨거운 눈물과 애정 어린 대화가 난무할 것 같지만, 진실을 밝히자면 종종 참 징하게 싸웁니다. 파괴적인 연인처럼 조금만 방심하면 상황이 초토화됩니다. 달라진 점이라면 영원한 쪼다같이 굴던 제가 암 덕분에 좀 에지edge 있어진 정도입니다. 한꺼번에 많은 변화를 기대할 순 없어서, 그저 '나나 잘하세요' 합니다. 거의 의절 분위기로 가다가 출국 며칠 전에 다시 '엄마 사랑해' '나도 사랑해' 분위기로 바뀌었습니다. 하하. 정신병자들이 따로 없습니다. 딸아이도 자신과 타인 사이, 어둠 속에 떨고 있는 꽃봉오리를 발견하는 순간이 있을 것입니다.

올해가 가기 전에 이 연약한 첫 책이 나올 수 있게 되어 부끄러우면서도 얼마나 감격스러운지요!

발칸반도 출신의 신학자 미로슬라브 볼프는 그의 저서 『배제와 포용』에서, '타자와의 관계는 섣부른 통합이나 단절이 아닌, 정체성을 재조정하는 계기가 되어야 한다'고 말합니다. 이 신학자의 이 어려운 이야기를 저는, 나의 정체성 안에, '내가 지키는 나'를 확실히 함과 동시에 타인을 껴안을 여유 공간을 둔다는 그림으로 이해했습니다. 그 포용의 공간으로 햇살이 비치고, 신께서 주시는 신선한 공기가 잘 들어올 것 같습니다.

   저도 딸도, 좀 더 '쫄깃한 나'로, '사적私的인 자아'를 잘 다지면서 공적公的 연대로도 확장되어갈 수 있기를 바랍니다. 이 땅의 많은 딸과 어머니들, 아니 관계로 인해 삶의 조건에 의해 도무지 나로 살기 어려운 이들에게도 응원의 에너지를 보내고 싶습니다.

   너무 늦지 않게, 우리 사이의 가려진 꽃들이 계절의 향기를 누리며 가득 피어나기를 기원합니다.

2019년 초겨울에

文音 드림

나의 엄마와 나

ⓒ 김문음

초판 인쇄 2019년 12월 6일
초판 발행 2019년 12월 13일

지은이 김문음
펴낸이 강성민
편집장 이은혜
사진 김춘호
마케팅 정민호 이숙재 양서연 안남영
홍보 김희숙 김상만 오혜림 지문희 우상희

펴낸곳 ㈜글항아리 | 출판등록 2009년 1월 19일 제406-2009-000002호

주소 10881 경기도 파주시 회동길 210
전자우편 bookpot@hanmail.net
전화번호 031-955-8891(마케팅) 031-955-2663(편집부)
팩스 031-955-2557

ISBN 978-89-6735-687-3 03800

이 도서의 국립중앙도서관 출판시도서목록(CIP)은 서지정보유통지원시스템
홈페이지(http://seoji.nl.go.kr)와 국가자료공동목록시스템(http://www.nl.go.kr/kolisnet)에서
이용하실 수 있습니다. (CIP제어번호 : CIP2019046487)

geulhangari.com